すべて失われる者たち

all that lose

花澤　薫

Melancholy,
and Life goes on.

セルバ出版

目次

木は立ったまま眠っている

夜明けごろの夢のなかで僕は若くなっている。

窓の外には紅葉した木々が見える。まるで燃えているみたいに赤々と広がっている。どういうわけか女性だけの学び舎の文化祭に足を運んでいる僕は、居心地の悪さを感じている。カーテン越しに柔らかな日が差し込む教室は水のない水族館に様変わりしていて、天井から大小の魚たちが吊されている。仲間たちでわいわいとつくっただろう魚たちは真に迫っているけれど、生きてはいない。観覧者はまばらだ。

隠されたスピーカーからしめやかに波の音が流れる偽物の水族館の隅には休憩スペースがあり、いくつかの机と椅子が並べられている。「温かいお茶をご自由にどうぞ」と案内されたウォータータンクのそばには、紙コップが小ぶりの墓標のように積み重なっている。少しの衝撃で崩れそうな危うさをそばに、僕はそのころひそかに恋心を寄せていた女の子と向かい合わせに座っている。白くしなやかな笑顔は相変わらずで、「君のことがずっと好きだったんだ」と打ち明けたいけれど、胸が爆発しそうで言葉が出てこない。目を見ることができず、制服の首もとのリボンをぼんやりと眺めている。その色が濃い血のように見える。控えめに風が吹き、カーテンがゆらめく。青い空をかすかに目にした僕は「風が気持ちいい」とだけ言った。彼女は「うん」と小さく答え、窓の外に視線を送る。僕はそばかすがある横顔をちらりと見て、喉が渇いたなと思う。

やがて二人の女の子が教室に入ってきた。空中に垂《た》れる魚たちを手で揺らしながら近づいてくる。髪の毛を茶色に染めた女の子は「私は文学部に行くことにしたわ」と言い、小学生時代に交通事故に遭った女の子は「私は美容師になるの」と教えてきた。僕たちはもうすぐ社会に出るということなのだろう。二人は紙コップに入れたお茶を持って、すぐに人けの少ない水族館を出ていった。

僕は空色のボタンダウンシャツにカーキ色のカーディガンを羽織り、濃い藍色のパンツを穿いている。向き合う女の子が不意に「杏子《きょうこ》とか派手な子たちとつるんでいるのに自分のかっこうは地味なんだね」と言ってきた。夢のなかでも現実の世界でも杏子という知り合いはいない。僕は曖昧《あいまい》な笑いではぐらかし、「うちの文化祭にも来てくれないか。僕の絵が飾られるから」と伝える。

数日前、いつもはベランダから目に入る風景を見るともなく見ているだけの放課後、僕は教室に一人残り、鉛筆画を仕上げていた。出し抜けに絵を描きたくなって、町の小さな文房具屋で半切と呼ばれるサイズの画用紙を買ってきていた。

美術部員でもないのに、どうしてもその一枚だけは仕上げたかった。文化祭の本番に照準を合わせて吹奏楽部が鳴らすビートルズのメドレーが心地いい。ビートルズは十三歳年上の姉が好きだった。姉は一年前の春、劇症肝炎が原因でこの世を去った。お見舞いに行ったときの、夜の始めごろの病院の薄暗さを覚えている。ぶらんこに乗る僕の背中を優しく押し、よく「空まで飛んでけえ」と歌うように叫んでくれた姉の声が、僕は大好きだった。

姉との思い出に浸っていると、黒縁の眼鏡にあごひげを整えた校長が不意に教室に入ってきた。「受験勉強ははかどっているかい」と言いながら近づいてくる。僕はこの先の進路なんて、まったく考えていない。窓の外からからすの鳴き声がだるそうに聞こえてきた。校長は僕の絵を見て、「これはおもしろい。水彩画にして文化祭で飾りなさい。美術の釜萢《かまやつ》先生にアドバイスをもらうといい」と勧めてきた。

一羽の鳥が空を飛んでいる絵だ。右下に川が流れ、その左側に一本の木が立っている。川はこちらから流れているのか、あちらから流れてきているのか明らかではない。木の上の部分は紙のなかに収まっていないから、どこまで伸びているのかわからない。空には小さな雲が二つ浮かんでいる。実のところ、姉が遺した古いイギリスの雑誌の裏表紙を飾っていた広告の写真を書き写しただけの絵だった。完璧な構図、完璧な風景というものがあるなら、きっとこれなのだろうと僕は直感的に理解した。校長はまた「これはおもしろい絵だ」とうなった。完璧を意識した模倣なのだけれど、僕は黙っていた。

次の場面で、僕は水彩画に変身させた絵を手にして、コの字型の校舎を急ぎ足で歩き回っている。

美術室がどこにあるのかわからない。勘を頼りに探したものの、二階にはなかった。僕はまた空色のボタンダウンシャツを着て、深い藍色のパンツを穿いている。シャツの首まわりが少し苦しいのとカーディガンを着ていないのとを気にしながら一階に下り、エントランス近くの事務室で眠たそうにパソコンに向かう女性に尋ねてみる。「そんなことも知らないの？」という皮肉は聞こえないふりをした。地下二階にあるという。僕はカーディガンをどこかに置き忘れたと気づく。

　地下に下りるのはほとんど初めてのような気がする。一階から下を覗くと、薄暗さに少し怖気づく。でも、下りていかなければならない。鳥と川と木と雲の絵を正当に評価してもらいたかった。階段をゆっくりと下っていく。黒い鉄でできた１とＢ１という表示が何かの暗号のように思えた。学校特有の喧騒《けんそう》は感じられない。自分の足音だけがかすかに響く。深く下りていく道のりに少し不安を覚える。別世界にたどり着くのではないかと落ち着かない。

　地下二階に着くと、両側に廊下が広がっていた。誰もいない。あのときの、仄暗い病院を思い出す。僕は当てずっぽうに右側に進む。理科室を通り過ぎてすぐに立ち止まり、自分の絵を目の前に広げてじっくりと見た。この鳥が舞い上がっているのか、舞い下りているのか、自分でもわからない。いずれにせよ、水色を下地に黄色を少しまぶした鳥の色合いは我ながら気に入っていた。一本の木は生命力にあふれている。不意に地下の涼しさに気づき、僕はシャツの両袖をまくった。やはりシャツが窮屈に感じる。カーディガンのありかも気になる。廊下のいちばん奥に美術室のプレートが見えた。

ようやく見つけた美術室に入る。肩まで伸びた白髪に白ひげの美術の先生が丸い眼鏡越しに僕の姿を目にするなり、「校長が話していたのは君か」と言ってきた。僕は何も答えずにうなずく。白ひげの先生は僕の絵を白い壁に近づけ、「うん、なかなかいいじゃないか。木が生きている」と言った。特別に美術部員の作品と一緒に文化祭で展示してくれるという話を僕は静かに聞いていた。美術室の壁一面に絵画が飾られ、彫刻もいくつか並ぶのだという。美術の先生は「作品にタイトルをつけるように」と告げてきた。僕はしばらく考えて「木は立ったまま眠っている、にします」と答えた。理由はわからない。その場で突として思い浮かんだ。

文化祭当日、僕は自分の絵を見に行く気が起きなかった。結局のところ、あれは僕の絵でない。申し訳程度の模写を、どうして僕はあの女の子に見てもらいたいと思ったのだろう。朝からずっと恥ずかしかった。今日もシャツが肌に張りつく。行く先を自分でかき消した僕は、あてどなく校舎を周るしかなかった。何の気なしにパンツのポケットに手を突っ込むと、しわくちゃになった紫色のギンガムチェックのハンカチが入っていた。

体育館に来たことを僕はすぐに後悔した。三階の広い空間は人いきれで賑わっていた。ダンスに興じる同級生たち。書道パフォーマンスで拍手をもらう男の子たち。ギターやベースを奏でるクラスメイトたち。一か八かのようなティーンエイジ・ファンクラブでも、調子っぱずれすぎるイアン・ブラウンでも、あか抜けないニルヴァーナの連中でも、とにかくうらやましかった。歓声を受けるみんなの姿がまぶしすぎて、僕は廊下に出て一人泣き出してしまった。出番を待つ吹奏楽部の面々が楽しそうに談笑していた。

しわだらけのハンカチを手にめそめそと涙を流す僕のもとに、ほおまで青い無精ひげを残す先生が近づいてくる。「どうした?」と尋ねられた僕は、「僕はみんなみたいに何かに真剣に打ち込んだ経験がないんです」と声を絞り出す。校長も美術の先生も優しい言葉をかけてくれた先生も、みんな眼鏡をかけ、ひげを生やしいた。

実際、そのときの僕はほとんど何にも夢中になれず、ずっと抜け殻のような時間を過ごしていた。少しだけ熱を入れて描いたばかりの水彩画も、ありていに言えばほとんどまがいものだ。それらしさはあるかもしれないけれど、見よう見まねでなぞっただけにすぎない。でも泣きながら、かろうじて全体の色の具合だけは自分なりのものだと誇っていいのかもしれないとも思う。無精ひげの先生が肩を抱いて「没頭したことがないなんて、みんな、多かれ少なかれそういうもんだよ」と慰《なぐさ》めてくれた。そのあいだ、焼き直しであろうとなかろうと、やはり自分が手がけたものは見つめる責任があるのではないかと僕は考えている。号泣したせいで、息苦しい。

涙をこぼしながら美術室へ行こうかと迷っている僕の横を、あの女の子がゆっくりと通り過ぎる。僕の顔を見て、少しだけ口元に笑みを浮かべたような気がした。僕の水彩画を見終えたあとなのか、これから見に行くところなのかはわからない。右手に本を抱えている。「すべて失われる者たち」という文字が視界に飛び込んできた。それから彼女の後ろ姿にじっと目を凝らす。背中の真ん中あたりまで伸びた髪の毛が閉じている鳥の羽のように見える。女の子は思いがけず振り返り、「カーディガンは見つかった？」と訊いてきた。少し黙ってから「何もしていないことに、本当に意味はないの？」と言ってきた。僕はその言葉に不意打ちを食らい、だから「木は立ったまま眠っている」を見にいこうと決めた。女の子は立ち止まったまま、僕から目を離さない。一緒にあの水彩画を鑑賞しようと誘っているような気がした。

三階から階段を下り、地下に向かっていこうとする自分を自分が見つめるような感じで夢が終わっていく。そばに女の子がいるかどうかはわからない。浅いまどろみのなかにいる僕はこの夢には何か意味がありそうだ、起きたら書き留めておこうと思っている。まだ夢を見ていたいから目はずっとつむっていたけれど、あってほしかった物語の続編は上映されなかった。

迷路に入り込んだみたいな感覚で目が覚める。カーキ色のカーディガンはやはり見つからなかった。煉瓦《れんが》色のソファに深く腰かけて起き抜けの煙草をくゆらせていると、「答えがないならないでいいんだ」という歌の一節がゆっくりと頭のなかを横切っていく。僕は若さとはそういうものなのだと考えている。

二人の秘密

結婚して二年。信昭《のぶあき》には、妻の亜純《あずみ》に言い出せないことがあった。むしろ、ずっと隠し通さなければならない。自分の体の不完全さを知ったら、亜純は絶対に悲しむ。家族が増えない未来に打ちひしがれてしまう。

結婚式を半年後に控えた春、同期入社で不妊治療に励む千葉《ちば》に促され、子どもを授かれるかどうか、ブライダルチェックを受けた。亜純には内緒にしていた。どのみち異常なしと診断されるとたかをくくっていた。

十四時からの予約だった。会社を午前休で早退《はやび》けして二十分ほど前に病院に着くと、問診票への記入を求められた。「これまで精液検査を受けたことがある」という項目には「いいえ」を丸で囲んだ。睾丸の外傷も精巣腫瘍《せいそうしゅよう》も経験がない。「特に問題はないですね」と言われるだろう回答を終えると、出がけにかばんに入れたスティーヴン・ミルハウザーの『イン・ザ・ペニー・アーケード』を斜め読みして、名前が呼ばれるのを待った。この短編集がなければ亜純とは出会っていないし、亜純と知り合っていなければいまここにこうしていない。思いがけない人生の展開をつくづく不思議に感じた。

これまでの人生で貧乏くじを引いた記憶はない。「まさか自分が」という軽い気持ちで順番を待っていた。結婚したらほどなく子どもをもうけ、幸せな家族を築くのが当然だと想像していた。

だが、好奇心半分で終えた精液検査では無力精子症と診断された。精子の力が弱いのだという。恰幅《かっぷく》のいい医師の説明を聞きながら、信昭は混乱していた。亜純の悲しむ顔が思い浮かんだ。

数日後の昼休み、信昭は会社近くの定食屋で千葉に打ち明けた。生卵をかき混ぜながら伝え終えると、アジフライを見つめたままの千葉は「不妊治療は大変だぞ」と言った。

「亜純さんには伝えたのか？」

「いや、秘密のまま治療を受けるつもりだ」

「夜はどうする？　いままでどおりできるのか？　数が減ったら不思議がられるんじゃないか？」

「その心配はないと思う。もともと少ないんだ。どちらかと言うと、亜純はそういう行為に積極的じゃない。俺もそっちの欲は強くないし、しなくなっても大した違和感はないはずだ」

それからは結婚式の準備も上の空で、こぢんまりと行った式にも心ここにあらずの状態で臨んだ。結婚式は三つ年下の亜純の二十七歳の誕生日に行われた。どういうわけか亜純に頑なに拒否され、半ば強引に入場曲に決めたエルトン・ジョンの「ユア・ソング」も心をすり抜けていった。初めて聴いた中学生のときからずっと好きな曲だったのに、泣き虫のうめきにしか聞こえなかった。

ロンドンやグラスゴー、ダブリンをめぐる新婚旅行も心から楽しめなかった。十日ほどのハネムーンでは毎晩、疲れを理由に別々のベッドに寝た。「疲れたからもう寝るよ」と話す信昭は亜純の目を見ることができなかった。やんわりと断るような自分に対して困惑しているのではないかと思った。一度も話したことはないけれど、きっと早く子どもを欲しがっているだろう。信昭は失格の烙印を押された自分の体が恨めしかった。

結婚して二年、隠れるように不妊治療を受け続けている。煙草をやめ、漢方薬を飲み、定期的に注射を打っている。費用はばかにならない。病院での精子採取はどこまでもみじめだ。人工授精や体外受精も頭をよぎる。


結婚して二年。亜純には、夫の信昭に言い出せないことがあった。

むしろ、永遠に隠し通さなければならない。自分の体の穢《けが》れを知ったら、信昭は絶対に落胆する。ともに暮らす家族の汚点に怒り狂ってしまう。

亜純には思い出したくない過去があった。遠ざければ遠ざけようするほど、心の傷を深くする記憶だ。あのとき誘いを断っていたら――。あのとき早く帰っていたら――。後悔しない日は一日もない。十年以上も自分を責め立て続けている。

大学一年生の秋、アルバイト先のファミリーレストランの男の子に声をかけられ、その子が通う大学の学園祭に行った。亜純は同じ大学に通う愛子《あいこ》と、賑やかなキャンパスに足を踏み入れた。

図書館の前の広場でフリーマーケットが開かれていた。冷やかし半分で見ていると、クランベリーのようなネックレスに目を引かれた。チェコグラスのアンティークだという。十一個の赤いグラスが木の実のように見えて、どうしても欲しくなった。三〇〇〇円を二五〇〇円に値切り、すぐに首に巻いた。「可愛いね。似合うよ」と愛子が言ってくれた。

夕方、正門前でバイト先の男の子と合流した。塾講師のアルバイトがある愛子は、そこで帰った。誘われるまま一人でテニスサークルの部室についていったのが間違いの始まりだった。

部屋には五、六人の男たちがいた。七人か八人だったかもしれない。にやついた顔が並んでいた。亜純が入るとすぐに鍵を閉められ、両手をつかまれ、口を封じられ、ワンピースを脱がされ、襲われた。大勢に辱《はずか》められているあいだ、亜純はわめきにわめいた。壁際にあるパソコンからは騒ぎを隠すようにエルトン・ジョンの「ユア・ソング」が大音量で流れていた。三年前に亡くなった父がよく聴いていた曲だ。買ったばかりのネックレスは引きちぎられ、赤いグラスが血のしずくのように汚れた床に散らばっていた。

初めてを奪われたすぐあと、心が壊れた亜純は大学をやめた。体はどんどんやせていった。母にだけ事情を打ち明け、九州地方の実家に帰って、部屋に引きこもった。乱暴された自分をどこまでも恨んだ。もっと抵抗できたのではないか――自分への嫌悪感が湧き上がるたび、胃から吐いた。何かのまじないのように煙草を吸うようになった。

地元の心療内科には七年近く通い続けた。文字どおり長い闘病だ。ようやく回復の兆しが見えたころ、母から話を聞き、面倒を見てくれるという姉に誘われ、また東京に出てきた。雑貨屋でのアルバイトも見つけた。信昭に出会ったのは、担当医が紹介状を書いてくれた神谷町の病院の帰りだ。逃げ込むように立ち寄った喫茶店で声をかけられた。亜純が手にしていたスティーヴン・ミルハウザーの短編集を読んだことがあるのだと話しかけてきた。

亜純は最初警戒していたけれども、煙草を吸いながら気持ちを落ち着かせた。数週間後に、ベージュ色のコースターに丁寧に書かれた連絡先に短いメールを送った。その後、何度かメールを交わすうちに距離が緩やかに縮まった。メールからも伝わる包み込むような信昭の優しさに安らぎを感じ、実際に会うようにもなった。一年ほど付き合い、結婚までたどり着いた。病院通いは隠している。絶対にばれないように薬を飲み続けている。あくまで自然を装って反対し続けた「ユア・ソング」が結婚式の入場曲で流れたとき、亜純は取り乱さないように必死だった。

亜純にとって、信昭がほとんど体を求めてこない点は都合が良かった。新婚旅行でも信昭は一人で寝ると言った。亜純は穢れた自分を憎み、ヨーロッパの寝床で毎晩、声を殺して泣いていた。

結婚して二年。信昭と亜純には共通点があった。お互いへの秘密だけではない。二人とも口数が少なかった。無駄口をたたかないというか、必要以上のことは話さなかった。当然、余計なことは聞かず、お互いに深掘りしない時間が心地よかった。

信昭はなぜ喫茶店で亜純に声をかけたのか、一度も打ち明けたことはない。もともと内向的な性格だ。休日はよく読書をして過ごす。小さな商社で営業職として働くからといって、普段から社交性に富んでいるわけではない。見知らぬ女性に声をかける勇気など持ち合わせていないが、あのときだけは別だった。

コーヒーを待つあいだ、ふと横を見ると『イン・ザ・ペニーアーケード』と書かれた本の表紙が視界に入った。自分でも折にふれて読み直している。視線を上げると、小動物のような目の女性がストローでアイスコーヒーを飲んでいた。どこかうつろだった。心に薔薇の棘《とげ》が刺さっているような表情を見逃せず、思わず言葉をかけた。枯れ木のように細い体からぽつりぽつりと返ってくる答えは沈みがちで、にじみ出る空虚感が気になった。一人にしておくわけにはいかないと胸騒ぎがして、メールアドレスを伝えた。連絡がくるとは期待していなかった。

亜純はなぜ知り合ったばかりの信昭にメールを送ったのか、一度も打ち明けたことはない。アイスコーヒーを飲みながら、亜純は自責の念に駆られていた。曇り空が続く数日前から心が弱っていた。病院の帰り道、体が動かず、喫茶店に避難するしかなかった。あの秋の出来事が何度も頭のなかでよみがえり、自ら命を絶つことを考えていた。手にしていた本は読んでいなかった。

どうにか心を整理しようとしていたとき、急に隣の席の男性に話しかけられまごついた。最初は戸惑いを感じた。ただ、姉と医師以外の人と会話する空間を少しだけ新鮮に感じている自分にも気づいた。個人的な話は聞かず、本の話題を続けるやりとりにも好感が持てた。コースターに書かれたメールアドレスには四桁の数字が入っていた。それが自分の誕生日と同じだったことがずっと気になっていて、数週間後、思わずメールを打った。

喫茶店での会話から始まった二人の距離は、時間がたったからといってぐっと縮まったわけではない。実のところ、知り合って三年以上が過ぎたのに、二人とも相手のことをよく知らない。好きな食べ物、好きな映画、好きな音楽、好きな色、好きな花、好きな季節……伴侶のプロフィールを書け、と言われたら、両方とも空欄ばかりになりそうだった。血液型さえ知らなかった。

二人はともに、それでも結婚したのだから人生は不思議だと感じている。秘密を抱え続けたままの暮らしは綱渡りのような感覚がある。信昭も亜純も何かの拍子に知られるのではないかといつも不安で、だから舌が滑らかになることはない。言葉を必要以上に交わさない時間が、二人の関係をつつがなく保っていた。

二年前、十日ほどのハネムーンでも同じだった。旅行の行程は、初めて亜純が意志を示して一人で決めた。必要最小限の会話しかしなかった二人は最終日の夕方、ヒースロー空港に向かうピカデリー線に揺られていた。窓の外は夕焼けで、オレンジ色の太陽が空に溶け出していた。信昭が「綺麗だね」とつぶやくと、亜純はこくりとうなずいた。

さようならのメロディ

さようなら、という言葉はなんでこんなに胸が苦しくなるんだろう。直太郎《なおたろう》はまだ口にしていない別れのあいさつを頭のなかで繰り返しながら、そう思った。

あと二カ月しかない。六十日くらい寝ると、三学期が終わる。そしてあやのが転校してしまう。六年生になる前に引っ越すことになった。詳しい事情は知らないけれど、あやのにはお父さんがいない。美容師をしているお母さんの実家で暮らすことになったという。

もう一生会えないかもしれない。さっきより、もっと胸が締めつけられた。みぞおちのあたりをぎゅっと握られたような、のどがふさがれたような感じがした。

昨日、東京に少し雪が降った。暖房をつけていない部屋で吐く息は白い。晩御飯を食べ終わって一時間くらい、ずっと緑色の毛布にくるまってベッドに横になっている。夕食は大好きなえびマカロニグラタンだったのに、いつもより味気ない気がした。

両手で枕をつくって天井の木目をじっと見つめていると、規則的に流れていないことがわかった。川の流れのようにうねっている部分も、台風の目みたいな渦巻きの部分もある。天井から目を逸らすように何度か体の向きを変えたけれど、しっくりする姿勢を見つけることができない。目を閉じるたび、あやのの笑顔が思い浮かぶ。ため息が何度も出る。

中休みのサッカーで擦りむいた右ひざがじくじく痛む。類《るい》のショルダーチャージ、あれは試合だったら絶対にレッドカードものだ。あのままドリブル突破できていれば、ゴールを決められたはずなのに。

鉄棒の前で、あやのとちなみが見ていた。だから、三笘《みとま》みたいにあざやかにゴールネットを揺らす姿を見せたかった。でも、類のせいで無様に転ぶかっこうを目撃されてしまった。類のやつ、明日は絶対に口を利いてやらない。

ここ最近は宿題に手がつかない。テレビを観てもあまり楽しめない。大好きなお笑い芸人にも気を引かれず、どうしてもあやののことを考えてしまう。

先月、背中まで伸びていた長い髪をばっさり切って、ヘルメットみたいなショートカットにしてきた。あやのの小さな耳を初めて目にして、どういうわけかどきりとした。イメージががらりと変わったけれど、笑顔はおんなじだった。今日は昼休み、江戸《えど》っちの校長先生のモノマネを見て、大笑いしていた。ぱっちりした目をちょっと細めて、左手をぎゅっと握って鼻の頭に当てながら笑う仕草が大好きだ。

大好きだ……？　やっぱりこの気持ちが恋というものなのかな。そもそも、最初にあやのに出会ったとき、どうしようもないくらい胸がどきどきした。転校初日、みんなの前であいさつするあやのとずっと目が合っていた。「いろんな音楽が好きです」と自己紹介したあやのは、自分に向けてかすかに笑った。だから、よけいに心臓が力いっぱいつかまれたみたいな気分になった。

北の町に引っ越してしまうと知ってからずっと、もっとあやのを意識するようになった。江戸っちがけしかけてきたせいもあるかもしれない。サッカークラブの練習帰り、江戸っちは自転車を立ち漕ぎしながら、「あやのは直太郎のことが気になってるって」と言ってきた。「だってさ、直太郎を見る目が違うもん」とひやかしてきた。

直太郎は保育園の年長のころから街のサッカークラブに入っている。ポジションはフォワード。街の選抜チームにも選ばれ、そこでもレギュラーとしてプレーしている。プロになってスペインリーグで活躍するのが夢だ。

直太郎がプレーするクラブに去年、あやのの弟の壮平《そうへい》が入ってきた。一つ年下の壮平は背が高くて力強いディフェンダーで、転校してきたばかりだというのにすぐに飛び級して直太郎たちの学年のチームのレギュラーになった。だから、ときどきあやのはお母さんと試合を見にきていた。転校してきて最初に友だちになったちなみと一緒の日もあった。

四年生の秋、ちなみとあやのと和寿《かずとし》コーチが話していた。あやのはどちらかと言うと恥ずかしそうで、ちなみのほうが一生懸命にしゃべっている。翌日の練習前、あやのとちなみがみんなの前で紹介された。和寿コーチは「二人がマネージャーをやりたいって言うから手伝ってもらうことになった。よろしくな」と大きな声を出した。

マネージャーと言っても、練習中にボール拾いをしたり、ビブスを配ってくれたり、試合のときに飲み物を用意したりするくらいだった。それでも、直太郎はあやのが近くで見てくれていると思うと、ぐっとやる気が出た。

強豪のオアシスFCと公式戦をするとき、ちなみに手を引かれてあやのがそばまで寄ってきた。少し恥ずかしそうに「今日は絶対に点を取ってね」とあやのに言われた直太郎はハットトリックを決めて三対二の勝利のヒーローになった。右足のミドルシュートで三点目を決めたとき、鉄棒の前に立つあやのがうれしそうに拍手する姿が見えて、直太郎は最高の気分になった。あやのが勝利の女神のように見えた。

天井の模様を見るともなく見ながらいろんな場面を思い出していると、早くあやのに会いたくなった。もう二カ月しか残されていない。カウントダウンみたいにあやのが去る日が近づいてきて、その日がきたらもう一生会えないかもしれない。心がぐらぐらと揺れた。天井の木目に小さな花びらのような形を見つけた。

この気持ちが恋ならどうすればいいんだろう。もし好きだと伝えても——どのみち、あやのはお母さんの実家のある県に引っ越してしまう。ちなみは「冬は大雪が降るんだって」と言っていた。何度か冬を経験して、やがてあやのは僕のことなんて忘れてしまうだろう。そんな想像をしていたら、またみぞおちをつかまれたような、のどを閉じられたような感じがして、眠れなくなった。

それでも、次の日の朝は早く起きた。一週間で水曜日がいちばん好きだ。放送委員会の活動がある。あやのとは五年生になってからも同じクラスで、同じ放送委員会になって、だから水曜日は朝と昼と帰りの時間に一緒に放送室にいられる。

放送室に入ると、あやのが先に椅子に座っていた。寒いからか紫色のマフラーを首に巻いたままだ。読んでいた本を置いて、「おはよう。元気?」と言ってきた。直太郎が「オッス」と返すと、あやのは振り向きながら、こう聞いてきた。

「今日の英語のあいさつ、どっちがやる?」

そうだ、今日は第三水曜日だから、朝も昼も帰りの時間も英語であいさつをする日だ。直太郎はあやのの話す英語が気に入っていた。あやのの声が好きだった。

「先月はおれがやったじゃん? だから、今日はあやのがやってよ」

できるだけ普通の言い方で伝えた。昨日の夜に感じた苦しさを知られたくなかった。あやのは「うん、わかった」と言って、「もうすぐバレンタインデーだね」とぽつりともらした。直太郎が少しまごついていると、あやのはさらりと一度深呼吸してマイクに向かった。

「グッモーニン、エブィワン。イッツウェンズデイ、トゥデイ」

そんなふうに始まった一日は空を飛んでいるみたいな気分だった。でも、もう一カ月しかない。あやのと放送室にいられるチャンスはあと数日だけだと思うと、気持ちがへこんだ。

実を言うと、あやのから直接転校の話を聞いたことはない。あやののもちなみ以外には面と向かって伝えていないと思う。二カ月ほど前、弟の壮平がサッカーの練習後に教えてくれた。直太郎は「そうなんだ?」とそっけなく答えたけれど、実のところ、思いっきりあたふたしていた。江戸っちは「あやのがいなくなるの? 直太郎、キンキュージタイじゃん!」とからかってきた。

放送室の窓辺に立つあやのはレモンが大きく描かれたパーカーを着ていた。よく着ているからお気に入りなんだろう。思わず「そのパーカー、かっこいいよね」と口にしたら、あやのがにこっと笑って「そっちの青いセーターもなかなかいいよ」と言ってくれたから、やっぱり今日は最高の一日だ。

国語の授業も理科の実験も身が入らなかった。あやののことをずっと考えていた。四年生になったときに転校してきたばかりなのに、もう離れていってしまうなんてあんまりだ。でも、あやののおばあちゃんの病気が重いみたいで、看病しないといけないらしいし、仕方がない。

給食の時間になって、直太郎とあやのは別々に放送室に入った。放送委員は給食のメニューを読み上げ、今日の星座占いを伝え、今日の一曲を流す。献立はあやのが、運勢は直太郎が知らせることになった。曲選びはいつもあやのの担当だ。

「わあ、今日はチーズパンだ、ラッキー。チーズパン、大好き」

パイプ椅子に腰かけてすぐ、あやのが声をはずませた。直太郎は「大好き」という言葉をずっと覚えておこうと思った。やっぱりこの気持ちは恋なんだろうという考えが頭のなかをぐるぐるめぐると、余計にあやのの存在を意識せざるを得なくなった。胸が熱くなって、その気持ちを知られたくなくて、わざとあやのにぶっきらぼうに聞いた。

「今日の一曲は？」

「わたしと同じ名前の人の曲。カネコアヤノさんって人でね、ママが『好きだから』っておすすめしてくれた。『光の方へ』って歌で、いい曲だよ」

　あやのはお母さんの影響かよく大人っぽい曲や英語の歌を流す。直太郎は音楽の良し悪しはまったくわからないけれど、あやのが選ぶ曲をたいてい気に入った。「今日もいい曲かもな」と思い、あやのが献立を発表したあと、星座占いを読み始めた。

「いて座の人は、大切なことに気づく日です。いまできることを見つけて行動しましょう。ラッキーアイテムはレモンです」

　自分のいて座の文章を読みながら、心臓が破裂しそうになった。横目でちらりとあやのを見ると、おいしそうにチーズパンをほおばっている。校庭に面した窓の隙間から冷たい風が入り込んできて、あやのの短い髪が少しだけなびいた。いて座以外の話は、正直、上の空だった。

　あやのが簡単な曲紹介をして、ＣＤプレーヤーのボタンを押した。透き通った声で歌が始まった。音がきらきらと跳ねて、曲がだんだん盛り上がってくる。あやのの顔をもう一度見る。あと二カ月で、もう二度と会えなくなるかもしれない。この思いを早く伝えないと、と気持ちが焦る。「だから、光の方、光の方へ」という歌声に急かされるような気分になる。でも、そんな勇気もない。あやのが光の方向に向かっていって消えていく感じがする。さようなら、とただ言うだけで終わるのかと考えると、涙がこぼれそうになった。

双子の姉

双子の姉はどこまでも仲が良かった。過去形で話さなければいけない現実が、どこまでも悲しい。六つ年上の姉たちは、キリンとコアラと呼ばれていた。先に生まれた杏《あん》がキリンで、十分ほどあとに生まれた絵梨花《えりか》がコアラだ。生まれてすぐ、母が間違えないようにとキリンとコアラのワッペンが縫いつけられたベビー服を二人に着せて、それぞれを見分けたのが理由らしい。キリンとコアラという呼び名はそれから友人たちにも使われるようになった。杏と絵梨花という本当の名前の由来はわからない。

キリンとコアラは、妹のわたしでさえ見分けがつかないほどそっくりだった。物心がつくかつかないかのころ、初めて不思議に感じたときの場面をいまでも覚えている。ベビーベッドで泣きじゃくるわたしを覗き込む二つの顔。全く同じ顔が完璧に同じタイミングで笑顔を浮かべ、同じ拍子で歌を歌い出した。二人のあいだから見える電球が微妙に点滅しているのものめずらしく、わたしは泣きやんだ。人生で初めての記憶と言ってもいいくらい、頭の根っこに埋まっている。

　二人は正真正銘の一卵性の双子だった。意思の強そうな眉毛と長いまつ毛ときりっと釣り上がった大きな両目。柔らかそうで小さな鼻と三日月のような形をした耳。ハートみたいな形をしたくちびると優しく描いたV字のようなあご。何から何までおそろいのキリンとコアラは、うれしいときは肩まで伸びた髪の先を人差し指と親指で繰り返しねじり、悲しいときはゆっくりとまばたきをした。強がるときは大きく息を吸ってから話し出し、不安なときは何度も左の耳たぶを触った。好きな食べ物も嫌いな音楽も一緒だったし、どちらかが熱を出せばもう片方も熱を出し、図工の時間では別のクラスなのにほとんど同じ構図と色づかいの風景画を描いた。間違いが永遠に見つからない間違い探しみたいに、二人はそっくりだった。

　髪型まで一緒のキリンとコアラを見分ける一つの方法が、ポニーテールを結わえるゴムの色だった。キリンは黒で、コアラは白。二人を判別する材料はキリンとコアラのワッペンから黒と白に変わった。髪ゴムだけでなく、同じ型のスカートでもキリンは黒を好み、コアラは白を選んだ。別に両親から言われたわけではない。何から何まで同じの二人が自分たちで見つけたある種の自己主張だったのかもしれない。中学校で美術の教師をしている父が一度「逃げの黒、手抜きの白だな」と言ったが、誰もその意味はわからなかった。

　キリンとコアラは四歳のころからピアノを習っていた。夕食のあと、よく順番に二階のリビングにある鍵盤を弾き合っていた。母の妹から譲り受けたグランドピアノはよく見かける黒ではなく、茶色のものだった。わたしは二人が鍵盤を弾いているあいだ、踊るような音に身を委ねながらピアノの波打ち際のような木目を見ているのが好きだった。

茶色のピアノの記憶でずっと刻まれているのは、わたしがはしかで学校を休んだときのことだ。わたしが小学四年生の春の話で、二人は同じ私立高校に入学したばかりだった。夕方、熱にうなされ三階の子ども部屋のベッドに横になって電球をぼんやりと眺めていると、二階からピアノの音が聞こえてきた。優しく包むようなメロディーで、ときどき音がふわりと飛び跳ねる。ペースを落としたかと思うと、少しつんのめるように駆け出した。しなやかな音楽が心地よくて、熱が下がらないままのわたしは深く寝入ってしまった。

はしかが治って、わたしは二人に「ねえ、あの曲を弾いて」とお願いした。曲名を聞くと、制服の水色のチェックのスカートを穿いた二人は「テンシーシーの『アイム・ノット・イン・ラブ』っていうのよ」と声をそろえ、連弾を始めてくれた。音楽はもとより、肩を寄せ合って鍵盤を滑らかになでる二人の指先がただただ美しかった。曲が終わると、二人は振り返り、人差し指と親指を髪の先でくねらせながら、軽やかにほほ笑んだ。わたしはこの曲がすぐに大好きになった。

「この曲はね、『クラシックばかりじゃちょっと退屈でしょ』って、ピアノの由実《ゆみ》先生がレッスンが終わったあとに教えてくれたの」とキリンが言った。

「テンシーシーはイギリスのグループなんだって」とコアラが続けた。

「『アイム・ノット・イン・ラブ』は由実先生が生まれたのと同じ年に出来た曲だって言ってた。いまから五十年くらい前の歌だと思う」

「つまり、いい音楽って色褪せないのよ」

「うん、時が過ぎても変わらないものがこの世のなかにはあるのよね」

鍵盤の前に座った二人はどちらかともなく、肩を抱き合った。わたしはその光景に感動した。そのあと、ピアノの横の棚に飾られている赤い花に気づいた。名前はわからない。キリンとコアラが何か話し続けているのをぼんやりと聞きながら、母が庭から切り取ってきた一輪挿しをじっと見つめていた。

それから三年後——別々の大学に進学した二人は全く同じ時期に柔らかな化粧をするようになった——ある日を境にあんなに仲の良かったキリンとコアラはひと言も言葉を交わさなくなった。五月十八日のことだ。雨が降っていた。日付や天気まではっきりと覚えているのは、その日わたしに初めての生理が来たからだ。

中学一年生になりたてのわたしは朝からお腹が痛かった。腹の底におもりがあるような感覚が続いていた。昼休みにトイレに行くと、白いパンツが血で汚れている。小学校の授業で学んだ知識を下敷きに初潮が来たのだと理解しながらも、自分の体の変化に心がざわついた。誰か友だちに話そうかとも思った。けれども、余計な心配をされたり、むだに騒ぎ立てられたりするのが嫌で黙っていることにした。

わたしはしばらく個室にこもりトイレに腰かけながら、どういうわけか自分が双子だったらどんな気分なんだろうと考えていた。キリンとコアラは十分ほどあいだを空けて生まれ、同じ顔、同じ声、同じ性格、同じ癖で同じ日々を過ごしてきた。確か、生理も同じ日に来たと言っていた気がする。自分がもう一人いるとしたらと想像したら、急に息苦しくなった。鼻で小さく息を吸う。芳香剤の匂いが肺に入り込んだような感じがして、吐き気がした。あわてて個室から出ると、窓の外はいつの間にか土砂降りになっていた。

保健室に行って生理用品を借りて少し落ち着いた。けれども、赤茶色の染みが枯れた薔薇の花びらのように見えたことを思い出して、不意に怖くなった。授業に戻る気にはなれない。ベッドに横になっていると、保健のまりや先生がカーテン越しに「熱があるってことにしてあげるから、今日はもう帰ったら？　担任の先生にも生理のことは伝えないでおくわ」と言ってくれた。わたしはまりや先生と一緒に教室に戻り、みんなの視線が集まるなか荷物を持って教室を出た。

大粒の雨が降っていた。キリンかコアラかわからないけれど、どちらかから譲ってもらった灰色の傘を五月雨《さみだれ》が乱暴に叩く。まだ昼すぎだというのに、厚い雲が垂れ込めていて、世界の果てを歩いているような気がした。遠くで雷が何度か鳴った。わたしの靴はびしょ濡れで、靴下まで染み込んだ雨が不快だった。

その日、わたしは生理が来たことを母に告げられなかった。ともに淡いピンクのチークを施したキリンとコアラのあいだに異様な緊張感が漂っていたからだ。目を合わせず、口も利かない。あまりにも非現実的な光景にわたしはうろたえてしまった。枯れた薔薇の花びらが染みついたパンツはこっそり洗面所で洗い流した。

その翌日の夜、わたしは初潮が来たのだと母に話した。「おめでとう」と静かに話す母の顔は、とても晴れやかではなかった。キリンとコアラの溝を気にしているのはすぐにわかった。二人は高校を卒業するのと同時に別々の部屋を与えられていたから、帰宅するとすぐに自分の部屋にこもる日が始まった。ある晩、わたしはキリンとコアラのそれぞれになぜ急にぎくしゃくした関係になったのか聞いてみた。二人とも別々の時間に別々の場所で「知らなくていいことってあるのよ」と答えてきた。二人はもうピアノを弾かなくなっていた。

別々の大学を卒業した二人はやがて就職し、それぞれが一人暮らしを始めた。お互いがどこに住んでいるかにも興味は示さず、家を出てから二人が会ったことはいまのところ一度もない。きっと、この先もないと思う。

わたしはその現実がとにかく悲しかった。高校の卒業式の翌日、母から事の次第を聞かされて理由を理解し、ますます心が苦しくなった。あのころ、キリンはなんのはずみかコアラの彼氏の子どもを身籠り、まだ十九歳のキリンは少しだけ迷って中絶の道を選んだのだという。コアラが知っているのは浮気の事実までだ。どうやって知ったのかはわからない。それでも、もう一人の自分のようなキリンに裏切られ、怒りと失望と悲しみで心が乱されたのは容易に想像できる。そしてキリンもまた二つの罪悪感に苦しんでいるはずだ。

ついこのあいだ、キリンとコアラから同じ日の夜の同じ時間帯にＬＩＮＥのメッセージが届いた。

二人とも会社の帰りに靴のヒールが折れたのだと愚痴ってきた。わたしはそれぞれに「それは残念」とだけ返信した。二人は「最悪だよ」と同じ文面を打ち返してきた。

わたしは結局のところ、二人はどこまでも双子なのだと思いながら、スマートフォンに入っている三姉妹の写真を見た。わたしが中学校に入学する直前、二人に買い物に連れていってもらったときに撮影した一枚だ。三人で代官山まで出かけ、入学祝いとしてチェコ製のペンケースを買ってもらった。生成り色のリネンでできたもので、赤、青、黄色の三羽の蝶々が刺繍されている。キリンとコアラがひと目惚れしたようにすぐに決めてくれ、わたしは踊り出しそうなくらいうれしかった。三人で外出したのは、それが最後だ。

わたしは昨日、二人が絶縁したときと同じ十九歳になった。ときどき、スマートフォンで10ccの「アイム・ノット・イン・ラブ」を聴いている。胸がかき乱されるけれど、それでも聴きたくなってしまう。毎月、生理が来るたびにキリンとコアラとまた一緒に笑い合いたくなる。でも、たぶん叶いそうもない。わたしはあのときからずっと、薔薇の花が大嫌いだ。

アンダルシアの夜

あの日の夜、テレビのなかの近藤真彦が繰り返し悔しそうな顔をした。「アンダルシアに憧れて薔薇をくわえて踊ってる」と歌い出してからすぐ、歌詞を忘れてしまったのだ。マッチがカメラに背を向け「すいません」と言うと、演奏がやんだ。頭を沈ませ、腰をかがめてひざに手をやった。

その日の昼、わたしは人生で初めて——生まれたときは別としてという話だ——病院を訪れたことで気分が高揚していた。父の父親が生死の境をさまよっていたのだ。病室で会った祖父はほとんど何もしゃべらず、袖から見える手は枯れた木のように見えた。大人たちは深刻な顔をしていた。と言っても、まだ小学一年生の少女にその事態の重さが理解できるはずもなく、いつもとは違う一日に感情が高ぶっていた。

いつもより遅い時間にテレビを観ることができたのは、父と母が祖父のことで慌ただしかったおかげだ。夕食に出前でとった五目あんかけラーメンを食べ終わったあと、普段ならもう布団に入っている時間に、わたしは四つ年上の兄と一緒に歌謡番組に見入っていた。二人の娘がいる母親になったいま、わたしも同じように父の死の間際にいたら、子どもの面倒どころではないことくらいよくわかる。あのとき、父と母は祖父の死を迎える準備を心ならずも進めていたのだと思う。かすかに聞こえた父の「ネクタイ」とか「写真」とかいう言葉は、そういうことだったのだろう。

祖父の死にまつわる夜の出来事を三十年以上がたったいまでも鮮明に覚えているのは、日常から乱れた一日の終わりにテレビのなかでも事件が起こったからだ。演奏が始まってすぐに言葉が出なくなったマッチは司会者に促され深呼吸をした。兄が「緊張してるのかな」と言った。わたしは何も答えず、代わりに赤いシャツに目を引かれていた。「アンダルシア」というなじみのない言葉と相まって、赤いシャツに海の向こうの雰囲気を感じていた。どういうわけか、口の周りを透明なマスクで覆われた寝たきりの祖父の姿を思い出していると、急に夢を見ているような気分がした。

あのとき、わたしはもうすぐ七歳になるところで、初めての運動会を終えたばかりだった。運動会は五月に行われ、校庭の空には無数の鯉のぼりが泳いでいた。わたしは全学年の女子リレーの選手として一等賞を取って父と母に褒められ、とことん誇らしかった。足を踏み入れたばかりの小学校は楽しい場所なのだと実感していた。

満ち足りた気持ちで始まった新生活にも慣れた秋にあの日が訪れた。給食の乾いたコッペパンを食べているときに、担任の牧村《まきむら》先生に手招きされた。

「お父さんとお母さんが、病院のおじいちゃんのところに行くって」

わたしは給食を食べるのを途中でやめ、職員室に呼ばれた。父が車で迎えに来るという。ほとんど誰もいない職員室で、兄と二人で待つことになった。窓の外から花びらをすべて散らした桜の木が見える場所で、普段は先生たちが使っている椅子に座った。牧村先生は教室に戻り、代わりに校長先生がわたしたちのそばに座った。わたしたちはしばらく前から祖父が入院していたことは知っていた。「おじいちゃん、やばいのかな？」と兄が沈黙を破った。

「やばいってどういう意味？」

「死んじゃうんじゃないかってことだよ。お父さんがお母さんに『ロースイ』だって言ってた。『ロースイ』って治らない病気なんじゃないか」

「おじいちゃん、死んじゃうの？」

「わからない。でも、俺たちがこれから病院に行くってことは、普通じゃないってことだよ」

「おじいちゃんが死んだら、お父さんは泣くかな？」

「どうかな、お父さんが泣いたところは見たことがないよ」

「でも、悲しいでしょ？」

「たぶん。俺たちだってお父さんが死んだら悲しいだろ？」

そんな話をしていると、険しい表情の父が職員室に急ぎ足で入ってきた。「これからおじいちゃんのところに行くよ」と話す口調もせわしかった。いま思えば、差し迫っていたのだろう。父は、自分の父親の命が尽きるかもしれない状態にいた。わたしは父のにらみつけるような形相を生まれて初めて見た。

お経の一部のような「ロースイ」という言葉も、父の際どい表情も、学校を早退けしたことも、それからのことも、何もかも妙な気分だった。あまりにも不思議な一日だったからこそ、いまでも細部まで覚えているのだと思う。

実のところ、あの日病院に行くのは少しうれしかった。前日に母に切られた前髪があまりに真一文字で恥ずかしくて早く帰りたかったからだ。それに、いとこからもらった茶色のスカートもあまり気に入っていなかった。それでも、早退するわたしにクラスじゅうの視線が集まったときは悪い気はしなかった。普段は仕事に行っているはずの父と昼下がりに会えるのも楽しみだった。

病院に行く途中、父はずっと黙ったままハンドルを握っていた。なぜか父は缶入りのサイダーを二本買ってくれていていた。口のなかで炭酸がはじけ、同じようにわたしの心は浮き立っていた。事の重大さなどわかるわけもなく、日常的ではない時間に気分が高揚していた。ごくごくと飲んだサイダーは心なしか生ぬるかった。兄は車が曲がり角で揺れたときにサイダーをこぼし、灰色のTシャツを少し濡らした。サイダーの染みが心臓あたりを色濃くした。

病院に着いて、エレベーターで六階に向かった。父に言われ、わたしが六階のボタンを押したから覚えている。病室に入ると、祖父は弱々しい笑顔を浮かべた。寝たきりだからか、無造作に伸びた白髪が乱れきっていた。祖母は縮こまるように祖父の枕元に座っていた。しばらくして父の兄弟たちがやってきて、それぞれが祖父に声をかけた。祖父はかすかに右手を挙げた。わたしは兄と従兄弟たちと一緒に、少し遠くから祖父の口を覆う透明なマスクと長くぶら下がった点滴を見ていた。病室にはお医者さんと看護師さんが大勢いた。子ども心に、ようやく事の深刻さがわかった。窓の外を何かの鳥が何匹か横切った。

「子どもたちは少し外に出ていなさい」と父が言った。わたしたちは母に連れられて病室を出て、廊下が十字に交わる場所にあるベンチに腰かけた。兄が「しりとりをしよう」と持ちかけてきたけれど、わたしは仲間に入らなかった。兄と従兄弟たちはしりとりをして無邪気に盛り上がっていた。ベンチの向かい側にはわたしと同じ年ごろの女の子が座っていた。茶色い長髪と水色のドレスの人形を持っていて、わたしはあの人形がほしいと思った。

病室から出てきた父は「大丈夫そうだ」と静かに言ったけれど、次の日が来てすぐに祖父は亡くなった。父は親の死に目に会えなかった。朝食の前に「おじいちゃんは天国に行ったよ」と母に教えられたとき、どういうわけかわたしはマッチの「アンダルシアに憧れて」の場面を思い返していた。「アンダルシア」という言葉が、ずっと耳に引っかかっていた。

歌い出しにつまずいたこともあって、マッチの歌は強く印象に残った。歌詞の意味はほとんどわからなかったけれど、ならず者たちが出てくる歌で、マッチが着ていた赤いシャツが血を想像させた。主人公は女性をどこかに待たせていた。その女の人がたぶん「アンダルシア」という名前なのだと思った。葬儀でお経が読まれているときも「アンダルシア」という言葉が頭のなかに浮かんでいた。

父に「さようならをしなさい」と促され、わたしは棺のなかの祖父と対面した。眠っているような祖父の顔を触ったとき、少し硬くなった粘土のような感触がした。父はあいさつのとき、少しだけ泣いていた。

祖母は文字どおり萎《しお》れていた。祖父とは写真を見ただけのお見合いで結婚を決心したのだという。そのあたりの地主だった祖母の両親が一方的に決めたから――祖父にはひそかに恋慕う人がいたらしい――最初は弱い結びつきだったけれど、長年連れ添ったのだし、仲は良かったと思う。生涯の伴侶に先立たれた祖母はみるみる生気を失って、それから半年ほどあとに亡くなった。秋の火葬場でわたしは祖父が祖母を連れていったのだと思った。わたしの頭のなかではまた「アンダルシア」という言葉が繰り返されていた。

その歌をもう一度聴いたのは大阪の大学に入学してからしばらくたってからのことだ。友人と二人で入った喫茶店で耳にした。わたしはマッチじゃない人が歌っていると不思議に感じながら、歌詞に耳を傾けていた。そのころはもうアンダルシアがスペインの地名だということを知っていて、死を歌った曲なのだと理解した。わたしははみ出し者の歌を聴きながら、十年以上も前、ベッドで横たわる祖父の右腕に刺さっていた点滴を思い出していた。それから、祖父が亡くなって少し過ぎてから、わたしの名前は祖父が考えてくれたのだと父から教えられたことも。

まだ小さかったこともあって、祖父との思い出は薄い。笹の葉で右手の人差し指を切ったとき、「こうすると治りが早いぞ」と言って煙草の葉っぱを塗りつけてくれた場面はよく覚えている。帽子のことを「シャッポ」と呼んでいた。方言か何か、くすぐったい響きがした。「シャッポ」が帽子を意味するフランス語だと知ったのは、大学二年生のときだ。フランス文学を専攻している彼氏が教えてくれた。小さな田舎で一生を終えた祖父がなぜフランス語を知っていたのかはわからない。ただ、帽子職人だったからかもしれない、という想像は全くの的外れではないだろう。

縁側に座り、わたしをひざの上にのせて何度か「達郎《たつろう》くんに会いたいなあ」とつぶやいていた祖父の寂しそうな声も忘れられない。誰の話だかわからず、だからこそ気になった。中学生になったとき、父が「達郎くん」について明かしてくれた。祖父の弟で、十代のころに両親とともに移民としてアルゼンチンへと渡ったのだという。帽子職人として働き始めたばかりの祖父は、一人だけ日本に残った。結局、祖父は達郎くんに二度と会えなかった。両親にも再会できなかった祖父の孤独を、わたしは知ることができない。

実を言うと、歌がすぐに途切れたあの日の夜からずいぶんのあいだ、わたしは眠るのが怖かった。「アンダルシア」という聞き慣れない響きが、呪いの言葉のように頭のなかをぐるぐるとめぐった。目をつむると、暗闇が体じゅうに染み込んで、自分が消えてしまいそうな気がした。あるいは、薔薇みたいに真っ赤な血が空を染めるような恐ろしさを感じた。

小さな雲が二つ

　春の小雨がスラックスの裾を濡らす。雨の足音がひんやりとして、気分が重くなった。東京の桜はもう、だいぶ散ってしまっている。焦茶《こげちゃ》色の牛革のビジネスバッグに隠れていた折りたたみ傘を取り出し、仕方なしに開く。茶色い革にいくらか染みた雨がエクスクラメーションマークのように見えた。日暮間近、傘をさしている人、さしていない人が道を行き交う。

　得意先の出版社で七月に出す別冊の見積もりに関して打ち合わせをしたあと、日比谷線の築地駅に向かう道すがらで春雨に遭った。湿った足首が鬱陶《うっとう》しく、細い路地を入ったところの、カウンターだけの小さな喫茶店にもぐり込んだ。客は一人もいない。

　業界では四番手か五番手あたりをうろつく印刷会社に就職して五年がたつ。会社のホワイトボードにはあと二件打ち合わせの予定が記されているが、実際は違う。さぼり方も板についてきた。適当に息を抜き、適度な時間に部長にメールを入れて直帰してしまおうと考えていた。

ブレンドコーヒーを頼んだ。ネクタイを緩め、ケントの九ミリをくわえた。右手の親指でライターをこする。なかなか火が点かない。ライターを繰り返しひっかく音が誰かの舌打ちのように聞こえる。あいにく火を逃した一本を箱のなかに戻し、コーヒーをひと口飲んだ。熱い苦味が舌の上を転がっていく。

読みかけの小説をかばんから取り出した。いまはアリス・マンローの『ディア・ライフ』を読んでいる。カナダ人の女流作家の短編小説集だ。まだ四、五編を読んだだけだが、悪くはない。劇的な出来事はほとんど起こらないけれど、人生の喜びや悲しみが丁寧に描かれている。物語の終わらせ方――あるいは物語の本当の始まらせ方と言うべきなのかもしれない――も及第点だ。右手で煙草の箱を握ったまま、「プライド」と題された短編を読み始めた。ただ、「何もかもまずいことになってしまう人がいる」という最初の一文でいきなりつまずいた。天井を少し眺めたあと、本を読むのはやめ、かばんのなかに戻した。

思い出したように、本当は印刷会社になど就職したくなかったんだとうつむいた。子どものころからずっと本が好きだから、自分でも何か書いてみたいと思ってきた。大学は文学部だったし、卒論では安部公房の『他人の顔』を軸にフランツ・カフカとの共通点を取り上げた。ゼミの教授から「なかなかよく書けているよ」と言われ、さらにその気になった。小説家になれたら、とぼんやりと夢見ながら、何度かパソコンに向かった経験もある。

けれども、何も書けなかった。パソコンのモニターをにらむたび、最初の一節さえ文字にならない。そのたびに自分の才能をうまく表現できないもどかしさが募った。それでもなんらかの形で本に関わりたいと手当たり次第に出版社の新卒採用の求人に応募したが、全滅だった。

本を刷る印刷会社は、かろうじての妥協点だった。でも、小説とは無縁の会社員生活が続いている。担当の一つは教育系の雑誌を手がける編集部で、主な仕事は印刷費の折衷案を出すことだ。何度も落としどころを見つけてきた。心から楽しめる仕事ではない。ただ、退屈すぎるわけでもない。外回りが多く、自分の時間をつくることができる。現にいま、こうしてなんともなしにコーヒーを飲みながらひと息入れている。ほとんど抜け殻になったライターのせいで、煙草を吸う気にはなれない。

先月、二十七歳になった。自分が生まれた日に、どういうわけか死を意識した。代官山のあか抜けたレストランで恋人の歌織《かおり》に誕生日を祝ってもらっているとき、「27ｃｌｕｂ」の存在を思い出していた。「トゥエンティセブンクラブ」と呼ばれる集団には、死をもって加入することができる。ミュージシャンが主なメンバーだ。ローリング・ストーンズのリーダーだったブライアン・ジョーンズを代表に、ジミ・ヘンドリックス、ジャニス・ジョプリン、ジム・モリソン、カート・コバーンなど、芸術で自分を表現した面々がそれぞれの理由で二十七歳の若さにしてこの世を去った。ほろ酔いで赤らめた笑顔を浮かべる歌織の顔を見ながら、自分も呪われたクラブの一員になる権利を持つ年齢になったのだと感じていた。

歌織との食事中、「誕生日おめでとう。がんばってるか？」とメールを送ってくれた康《こう》は大学時代の新聞学会の仲間だ。難関をくぐり抜け大手の新聞社に採用された。いまは地方の支局で精力的に取材を続けている。去年、中目黒の居酒屋で会ったときは社内表彰制度で何かの賞を受賞したと誇らしげだった。

もっとも、康にとって新聞記者は通過点にすぎない。就職が決まったとき、康は「ヘミングウェイもガルシア・マルケスもグレアム・グリーンも記者から作家になったからな。俺も記者として土台をしっかり固めて小説家になるよ」と言っていた。去年はどこかの文学賞の最終選考まで残ったらしく、深酔いの顔で「俺はささやかな日常にちらりと見える人生の機微を言葉ですくい取りたいんだ。もうすぐ文壇デビューだ」と胸をそらした。

康がそこまでいけるなら、自分にも十分に可能性があるはずだと思う。大学時代の新聞学会では自分のほうがエース記者だった。出版社に就職した先輩からも「君の文章は簡潔でわかりやすいし、それでいて感情を揺さぶるものがある」と褒められた。新聞学会が主催したセミナーで講演してくれた五つ年上の先輩は人気作家の担当に就いていた。その人のお墨付きを思い出すと、自然と創作への意欲が強まった。

小さな喫茶店はまだ貸し切りのままだ。アリス・マンローの本をまたかばんのなかから取り出し、しおりひもの部分を開いた。何かしら刺激を得られるかもしれないと思うが、どうしても読み進められない。代わりに窓の外を見る。雨はしばらくやみそうにない。窓に張りつく雨粒の数々を見るともなく見ながら、歌織の言葉を思い出す。冬の夜更け、出し抜けに「三十歳になる前に子どもを産みたいな」と言ってきた。その希望に対し何も答えなかった。そんなつもりは全くなかった。いまの仕事が自分の居場所には感じられていないし、まだ何も成し遂げていない。誰かとともに、誰かのために生きる人生なんて考えたこともなかった。

会社の同期入社の関係だった歌織とはすぐに気が合った。歌織も読書が好きで、ほとんど毎日、むさぼるように本を読んでいた。お薦めの本を貸し借りしているうちに距離が縮まり――アリス・マンローもエリザベス・ストラウトも歌織から教わった作家だ――社会人一年目が終わるころに付き合い始めた。一年後にはどちらからともなく、同棲生活に踏み切った。

歌織は半年前に取引先の出版社に転職している。自ら売り込むかたちでのキャリアチェンジだった。営業中にその会社が編集者の求人を出していることを知り、編集長に直談判した。経験者のみの募集だったけれど、歌織は出版に寄せる思いと紙の本の持つ可能性をレポートにまとめてぶつけた。その熱意が認められたのか、契約社員からという条件で採用された。

希望どおり文芸出版部に配属された歌織は先輩社員のサポートで、まだ『すべて失われる者たち』という一冊しか出版していない新人作家についている。「まだまだ見習いよ」と控えめに話しながら、どこかうれしそうだ。慣れない仕事で毎日が終電帰りという忙しさだけれど、とことんまぶしく見える。会話のなかに違和感なく有名な作家の名前が出てくる。いつだったか、朝食のクロワッサンをかじりながら歌織が夢を話したことがある。

「私もいつか自分一人で作家を担当したいの。できれば、まだ世のなかに知られていない新人の隠れた才能を引き出してあげたい。作家と二人で力を合わせて一冊の本をつくり上げて、世間を賑わせられたら最高。最近では日本の女性作家が海外で注目され始めているみたいだし、外国語に翻訳されたらもっと最高だわ」

歌織の具体的な夢に思わず嫉妬してしまう。スラックスの裾はまだ濡れている。足首が冷たく、落ち着かない。今日も歌織の帰りは遅いのだろうか。白いカップの半分しか残っていないコーヒーに角砂糖を落とす。煙草をふかすかわりに、変化がほしかった。申し訳程度の大きさのスプーンでコーヒーをかき混ぜた。

スマートフォンを覗くと、ベン・E・キングが亡くなってからちょうど八年がたつという記事が目に飛び込んできた。映画の『スタンド・バイ・ミー』を思い出す。まだ幼い青春群像劇が気に入って、台詞《セリフ》をそらんじられるくらい繰り返し観てきた。少年時代の終わりを描いた物語、というのが自分なりの結論だ。自分が十代のころの記憶がよみがえり、そうだ、自分でも終幕に向かう少年時代の儚さを書こうと思った。

中学二年生の夏休み、三人の友人たちと自転車で海を見に行った出来事はどうだろうか。距離にしておよそ三〇キロ。どうせなら海辺に一泊しようと兄の知り合いから寝袋を四つ借り、自転車の荷台に積んで朝五時に出発した。それから三時間ほどたって一人の自転車のチェーンが外れ、修理に悪戦苦闘した。なんとか直したあと、今度は別の一人の自転車の前輪がパンクした。そうやっていくつかの障害に直面しながらようやくたどり着いた海を目の前に、疲れ果てた四人は何も言えなかった。ゆったりと海に沈む太陽をただ眺め、それから焚き火を起こし、慎ましく燃え上がる炎を囲んで他愛もない話をした。夜が更け、寝袋を四つ横に並べて星空を見ているうち、いつの間にか全員が眠ってしまっていた。何も感動的なことは起こらなかった。だからこそ、その道のりと空間に少年たちのやり場のない思いを重ねられるかもしれない。

コーヒーカップの底に砂糖が溶け残っている。歌織の戻りが遅いのなら、どのみち手持ちぶさたになる。今日、さっそく書き始めよう。レイモンド・カーヴァーが現代の日本に生まれていたら、という感覚で無駄のない文体で書き進めていこう。出来上がったら真っ先に歌織に見せる。歌織はそんな才能があるなんてと驚くはずだ。敏腕編集者を恋人に持つ作家がデビューというニュースは相応の注目を集めるかもしれない。

誰かが喫茶店に入ってきて、ドアベルが鳴った。教会の鐘の音のように聞こえ、空想の時間がじゃまされた。ドアの内側には黒い山高帽の男が黙って立ち尽くしている。傘は持っていない。丸い眼鏡をかけ、鼻の下にひげを備えている。こちらを気にする様子はない。しらけた気分になって、店を出ることにした。

雨はまだ少し降り続けている。どういうわけか築地駅で日比谷線には乗らず、八丁堀駅まで歩こうとひらめいた。黒い傘をさしながら、新大橋通りを進んでいく。歩くたびに水が跳ね上がり、足首がどんどん冷えてくる。スマートフォンの音楽アプリからベックの「ルーザー」が流れてきた。負け犬が「ほら、殺してみなよ」と唱えるたびに、「子どもを産みたい」と話したときの歌織の顔が思い浮かぶ。

小さな雨粒が傘を控えめに叩く。スラックスの右ポケットに入っているライターをかちゃかちゃと鳴らす。ふと顔を上げると、東京駅のほうに小さな雲が二つ浮かんでいる。

あしたてんきになあれ

夏の昼下がり、なんの前触れもなくわたしを追い越して急停止した自転車が、恋を運んできた。

三限目のキリスト教入門講座を受講し終えて、一人暮らしのアパートに帰る途中だった。今日も暇を持て余すのかな。太陽がぎらついていた。長袖のワンピースを着てきた選択を後悔しながら、慣れきった孤独を突きつけられていた。若草色のワンピースは一カ月ほど前、時間つぶしでふと足を踏み入れた店で店員に勧められるままにほとんど無理やり買わされたものだ。自分で望んだわけじゃない。けれども、両肩に四つずつ並ぶボタンが洒落ている感じがして気に入っている。

その春、大学に入ったばかりのわたしに、友だちは一人もいなかった。いじめられていた過去のせいで、わたしはどこまでも内向的だった。人と関わることに怯えていた。アルバイトをする勇気もなく、わたしの世界はむやみやたらに狭いままだった。お昼ご飯はいつも学食のすみっこで一人っきりで食べる。ぱさついたトマトソースのオムライスの味気なさにはもう慣れきっている。

これから大学に向かうキラキラした学生たちとすれ違いながら、駅へと歩いていく。わたしと同じように地味なアパートは大学の最寄り駅からひと駅離れている。踏切の音が鳴り、わたしは急ぎ足で歩き始めた。右肩のトートバッグをかすめるように青い自転車が通り越し、出し抜けに目の前で停まった。鳥の鳴き声みたいな急ブレーキの音に、わたしの心臓も止まりそうになった。

自転車の男の子が後ろの荷台を指差しながら目配せをしてきた。その周りをせわしそうに人々が行き交う。わたしの頭は混乱した。小気味よい手招きで、わたしは「荷台に乗れ」ということだと理解した。急かすような踏切の音に促され、思わず荷台に横に座った。

自転車が、下りてくる遮断機をくぐり抜ける。汗の匂いがした。わたしは「ジェットコースターみたいだな」と思った。知らず知らずのうちに男の子の腰のあたりをかすかにつかまえていて、胸が波打っているのに気づいた。汗がどっと吹き出した。ワンピースが少し背中にはりついた。

踏切を越え、自転車が停まった。男の子がしなやかに振り向き、「暑いからアイスコーヒーでも飲みに行こう。俺、君のこと、知ってるから」と言ってきた。わたしは知らなかった。でも、あまりの不意打ちに首を縦に振ってしまった。「君のこと、知ってるから」という言葉で頭はまた混乱していた。ひたいからだらだらと流れ出ている汗が恥ずかしかった。男の子に誘われるなんて人生で初めての経験で、まごついて何も言えなかった。慌てふためいている自分に気づき、顔が真っ赤になっているのがわかった。

駅前のビルの二階に上がるあいだ、わたしは怖気づいた。すらりとした男の子の背中を見ながら、このまま逃げ出そうかとも思った。昔から「か行」がつかえる吃音《きつおん》に苦しんできたうえ、生まれつき左のほおにコーヒーをこぼした染みみたいなあざがあるせいで、誰かと話すのが好きじゃなかった。だから、ほとんど一人ぼっちの人生だった。その男の子とうまく会話する自分をまるで想像できなかった。

吃音とあざのせいで、わたしの人生はずっと薄暗かった。ありていに言えば、物心ついたときからいじめられっ子だった。保育園のときに「なんでちゃんとしゃべれないの？」と首をかしげられ、「ほっぺたがよごれてるね」と教えられて自分がみんなと違うんだと理解した。小学校に上がると、二つの欠点をからかわれ、何も言い返せないから靴を隠されたり、ペンケースを汚されたりした。小学五年生のときには理科の教科書をびりびりに破られ、女子の全員から無視され、わたしは限界に達した。朝起きても体が動かない日が続き、不登校の道を選ばざるを得なかった。両親はいじめに勘づいていたのか、何も言わなかった。

暗い過去を思い出しながら、わたしはなぜこの男の子はまるで目立たない自分に関わってくるのだろうと不思議に感じていた。わたしたちは窓際の席に案内された。わたしは途中、壁に『ポンヌフの恋人』のポスターが貼られているのを見た。ミシェルがアレックスに抱きかかえられている写真だ。不登校児のままだった中学二年生の冬、わたしはこの映画に昼すぎのテレビで出合った。二人が背負う生きづらさが他人事《ひとごと》には感じられなかった。左足が不自由なアレックスと目が見えなくなるかもしれないミシェルは、少しずらせばわたしそのものだった。

ひじかけのある椅子に腰かけてからなんの言葉も交わさず、二人ともアイスカフェオレを頼んだ。向き合って初めて、男の子がフランツ・カフカのTシャツを着ていることに気づいた。黒いTシャツの胸部分に黄色のプリントが施され、山高帽をかぶったカフカの全身のシルエットが描かれている。カフカだとのみ込めたのは、黄色い文字でFRANZ KAFKAと記されているからだ。影法師だからあちらを向いているのか、こちらを向いているかはわからない。わたしはそのTシャツについて話したくなったけれど「カフカ」とどもらずにしゃべれる自信がなくて、切り出すことができなかった。

わたしの視線に気づき、男の子は言った。「これ、かっこいいでしょ？　おじさんのチェコ土産。去年もらったんだ。まあ、カフカは『変身』しか読んだことがないけれど」。肩をすくめたあと、男の子はこう話してきた。

「区の図書館によく来るでしょ？　俺、あそこでバイトしてるんだ。そのワンピースも見たことがある」

面食らいながらうなずいたわたしに向かって、男の子は海外の小説をまとめて借りていくから印象に残っているのだと続けた。ジュンパ・ラヒリ、ルシア・ベルリン、シリ・ハストヴェット、アリス・マンロー。俺も好きなんだよ。だから話が合うんじゃないかってずっと思っていたんだ。

わたしはどもらないように気をつけながら、いまはジェイムズ・ジョイスの『ダブリナーズ』を読んでいるところだと伝えた。男の子は「名前は聞いたことがある。今度読んでみるよ」と答えた。それから、自分は和伸《かずのぶ》というのだと名乗り、東北の寒村で生まれ育って、驚くほどの田舎だから本か音楽か映画しか娯楽がなかったんだと笑った。わたしもほとんど同じだ、学校に行けないせいで本か映画で時間をつぶすしかなかったから――そう思ったけれど、何も言わなかった。

ストローでアイスカフェオレをひと口飲んで、男の子は中学二年生のときの思い出を話し始めた。「風邪で学校を休んでスマートフォンで動画を観ていたら、人生がひっくり返るぐらいの歌に出合ったんだ」。熱でぼうっとした頭に決定的に刻まれた歌は「風をあつめて」という曲で、大急ぎでそのバンドについて調べたと声をはずませた。「ひらがなで『はっぴいえんど』っていうんだけれど」と続け、一九七〇年代あたりのグループだと教えてくれた。「それから『はっぴいえんど』を深掘りするようになった。『春よこい』とか『夏なんです』とか『空いろのくれよん』とか、とにかく小説が好きな人なら気に入ると思うな」

その話し方と男の子が言う曲名が心地よく耳に響いた。わたしたちは好きな映画の話や行ってみたい国の話をした。男の子は『太陽がいっぱい』がお気に入りで、わたしはなんとかどもらずに『大人は判ってくれない』を何度も観たと伝えた。男の子が同じ大学の、別の学部に通う同級生であることがわかった。男の子の提案で連絡先を交換して――彼に勧められてわたしはその日初めてＬＩＮＥのアカウントをつくった――ひとまず明日、大学で一緒にお昼ご飯を食べる約束をした。

自分の話をしたのはいつぶりだろう。もういじめられないように誰も知らない場所へ、と考えて自宅から遠い女子高校に進学したけれど、思うようにはいかなかった。ずいぶんと学校に行っていなかったわたしは、人との接し方がわからず、輪のなかに入っていけなかった。いじめられはしなかったものの、群れから離れた羊のようにずっと怯えていた。そんな自分がいま初対面の男の子と会話をしている。わたしにとっては天地を揺るがすような大事件で、忘れかけていた「うれしい」という感情が湧き上がっていた。

でも、最後のほうは黙りこくっていた。男の子が何度か左ほおを見ているのが引っかかった。グラスの氷は溶け、アイスカフェオレの味はかなり薄まっていた。

喫茶店のビルを出た。もう夕方になっていた。むせ返るような暑さが居残るなか、わたしは自分の左ほおを恨んでいた。吃音もいままで以上にわずらわしく感じられた。こんなふうにいつも下を向いているから、きっと毎週末のように行く図書館でも男の子に気づかなかったんだ。

例によってうつむいているわたしに向かって、男の子が「そのほっぺた」と切り出してきた。わたしは暗い気持ちになった。泣き出しそうになった。でも、そんな必要はなかった。

「そのほっぺたのあざ、百合の花みたいでかっこいいと思う」

ずっとそれが言いたくて、だから今日、わたしに声をかけたのだという。「かっこいい」なんていままで一度も言われたことがなかった。何も答えられなかったけれど、翌日、キャンパス内の教会の隣にある三号館の入り口で落ち合ったあと、「ありがとう」と伝えることができた。昨日、自分も「はっぴいえんど」の曲をいくつか聴いてみて、「あしたてんきになあれ」と「外はいい天気」

が特に気に入ったことも、どもらないようにゆっくりと話した。

「すごくいい曲も見つけたの。大瀧詠一さんの『おもい』って歌、知ってる?」

「もちろん。俺も好きだよ。じゃあ『A面で恋をして』は?」

「どんな曲? 今日聴いてみる」

それから、わたしたちは大学やあの喫茶店で何度も会った。彼の好意もなんとなく感じたけれど、彼のことをまだ名前で呼べなかったし、まだ恋人同士ではなかった。これまで経験したことのない感情に浮き立ちながら、わたしは彼と会ったあと一人になるたびに気が重くなった。誰も友人のいない自分を彼はどう見ているのだろうか。ときどきどもる自分を憐れに思っていないだろうか。いつかいじめられていた過去を告白しなければならないのだろうか。彼は嫌がらせに負けるような弱さに失望してしまわないだろうか。わたしはずっと怖かった。

夏休みが迫ったある日暮れ、いつもの喫茶店でひとしきり話し終えたあと、明日大学が終わってから一緒に映画に行かないかと彼が誘ってきた。下高井戸にある単館で、前から興味があった古い映画がレイトショーで上映されるのだという。

「邦題は『愛を止めないで』という恋愛もので、シャルロット・ゲンズブールとイヴァン・アタルという俳優が出ているんだ。二人はこの映画をきっかけに現実の世界でも恋に落ちて結婚したらしい」

わたしは「シャルロット・ゲンズブールの映画なら『小さな泥棒』を観たことがある」と言っ

た。でも、それどころじゃなかった。その映画の名前と、「恋に落ちて」という言葉と、大学と喫茶店の外で初めて会う約束のせいで、自分の鼓動が聞こえるような気がして、薄味のアイスカフェオレを一気に飲み干した。

彼が自転車でアパートまで送ってくれる途中、正面の空に夕日が浮かんでいた。空が不気味なほど真っ赤に燃えていた。

暗闇に流れる

ボブ・ディランの「ミスター・タンブリンマン」が流れ始めたとき、その男は「電車に轢《ひ》かれたんですよ」とつぶやいて、右足をなでた。正確には右足があった場所、と言うべきかもしれない。ずっと、気づかなかった。

初めて出会ったのは都電荒川線の車内だった。私は小さなビストロでランチにラムステーキを食べたあと、営業先近くの町屋駅前駅から会社そばの大塚駅前駅に向かっていた。町屋駅から日暮里駅経由でＪＲで戻ることもできたが、都電荒川線には父との思い出があった。私が野球少年になりたてのころ、荒川遊園地に連れてきてもらったことがあった。およそ三十年ぶりに都電荒川線に乗ってみようかという気になった。路面電車に乗っていると、異国を訪れているような感覚になる。

小台《おだい》駅で向かいに座っていた老婆が降り、私は椅子に座った。商談はあまりうまくいかなかった。向こうの予算は限られていたし、私が新たに提案した新型のサイドフォークリフトにはあまり興味を示されなかった。ネクタイを緩めてひと息つくと、隣の男がにわかに話しかけてきた。立派なえらと耳の上の白髪が目についた。青と白のストライプのシャツは若々しさを感じさせたが、日に焼けた顔には相応にしわが刻まれていた。たるんだ目の下は少しくすんでいる。私と同じように四十代に思えた。

「王子駅前近くは、桜がとても綺麗に見えますよ」

私は気のない相槌《あいづち》を打ったが、その男は話を先に進めた。二日前に磨いたばかりの革靴に春の光が反射した。

「荒川線は桜が有名なんですよ。ほら見てください、荒川遊園地前も桜が綺麗に咲いているでしょう？　それから、王子駅前近くの飛鳥山公園は江戸時代から桜の名所として知られています。飛鳥山は平安時代からあったようですし、私はこの電車に乗るとなんだかロマンを感じるんです」

「そうなんですね」と私が空返事を返すと、その男は「この路線はいまは東京さくらトラムという名前を定着させようとしています」と話し、梶原《かじわら》駅で降りていった。踊るような足取りだった。私は見知らぬ男に話しかけられた不意打ちに少しだけわずらわしさを感じていた。電車がぐらりと揺れると、飛鳥山公園の桜が目に飛び込んできた。

小さな雲が二つだけ浮かぶ青空は、野球に夢中になりかけのころの父との小旅行を思い出させた。バットとグローブを初めて買いそろえてもらった年だから、確か小学二年生の夏だ。父の勧めで、通っていた小学校を母体とする野球チームに入った。人生初の公式戦、二つの三振のあと、ランナー三塁という場面の三打席目で初めて内野安打を打ち得点に絡むと父は大喜びしてくれた。次の日曜日に「ごほうびだぞ」と言って荒川遊園地に連れていってくれた。父と二人だけで出かけた最初の記憶だ。私は「お母さんも行こうよ」と誘ったが、母は「男二人で楽しんできなさいよ」と家に残った。

家を出て電車を乗り継ぐあいだは、冒険に出かけている気分だった。観覧車もジェットコースターも生まれて初めての経験だった。観覧車のてっぺんから見上げた空は真っ青で、父は「青いペンキをぶちまけたみたいだな」と私の肩を抱いた。閉園まで思う存分遊んだ私たちは近所の洋食屋で夕食を食べた。あのとき父と二人で味わった以上のハンバーグを私は食べたことがない。洋食屋を出ると、あたりは暗闇に覆われていて、私は経験したことのない不安に襲われた。空気は生ぬるく、数歩先を歩く父の背中が夜陰に溶けてしまうような気分がして動揺した。

その日の晩、私は母が川で溺れ死ぬ夢を見た。母は手をばたつかせて川に流され、ゆっくりと水のなかに沈んでいく。その姿を川沿いでただ見ていたあと、私は息が止まりそうになりながら夢から覚めた。父は私の隣で川面を見ながら「もうだめかもしれないな」とつぶやいていた。薄暗い部屋でまた眠りにつくことはとてもできず、私は天井を見つめながらなぜ母が死んだと思ったのだろう、なぜ父はあんなに冷静だったのだろうと考えていた。いつもの時間にリビングに行き朝の食卓でにっこり笑う母の顔を見て、私はほっとすると同時にぬらりとした恐ろしさを感じた。父はそれから三年後、大腸がんを患って、いまの私より若くしてこの世を去った。母はまだ生きている。

その男とはスポーツジムでばったり再会した。桜の出来事からおよそ二カ月後のことだ。私は二年ほど健康維持とストレス解消のためにスイミングを続けていた。ひと休みがてら受付近くの革張りのソファに座っていると、おもむろに肩をたたかれた。

その男は「都電荒川線で会いましたよね。私は桜の話をした」と言い、自己紹介を始めた。目黒区に住み、足立区で大学時代の友人と会計事務所を営んでいるという。家族は妻と、高校生と中学生の娘が二人。「女系家族で肩身が狭くてジムに通っているんですよ」と軽口を叩き、主に骨格を整えるプログラムを受けているのだと話した。私はうなずき、仕事と独り身であるという最低限の情報を伝えたあと、あたりさわりのない世間話で場をつないだ。しばらくして男はジムの隣のビルにあるカフェに行こうと提案してきた。二人ともチェコビールのピルスナーウルケルを頼み、一時間ほど向かい合った。

それからジムで会うたびにこぢんまりとしたカフェでピルスナーウルケルを一杯ずつ飲みながら話をするのが習慣になった。火曜日の夜の始めごろ、カフェには二人しかいなかった。店内にはボブ・ディランが控えめに揺らいでいた。「ミスター・タンブリンマン」が流れ始めたとき、男は「電車に轢かれたんですよ」とつぶやいて、右足をなでた。義足の生活は十年近くになるという。そう告げたあと「一曲聴かせてくれないか、まだ眠くないし、行く場所もないんだ」と平坦な声でひとりごちた。

男は紺色のジョガーパンツをなでながら「仕事帰りの夜のことです」と言って事故の話を続けた。「ある女性がよろよろとなって、地下鉄の線路に落ちてしまったんです。たぶん、自殺しようとしていたわけじゃない。急に気分が悪くなったのかもしれない。私は『助けなきゃ』と思って無我夢中で線路に飛び下りました。でも、ほとんど意識を失ったような女性は、思った以上に重かった。私一人では持ち上げられず、そうこうしているうちに電車が吸い込まれるようにホームに向かってきました。私は必死に線路の端に身を寄せましたが、右足を轢かれてしまって……結局、その女性は電車にはねられて亡くなりました。即死です。私は救うことができなかった」

私は何も答えず、「そう言えば、お互いに名前を知らない関係だな」と思っていた。男はもう一度同じ言葉を繰り返した。

「私は救うことができなかった。だから、右足を失ったのはその罰なのかもしれないと思うときもあります。なんせキリスト教では二足歩行が人間であることの証しですから。私は神に見捨てられたと言ってもいいかもしれない」

私は「神さまを信じているんですか」と尋ねた。

男は「いいえ、信じていませんよ」と答え、「ドーナツの穴みたいなものです」と続けた。

「同情する人もいますが、私は気にしていない。私にはない足があるんだと思っています。ドーナツの穴と同じです。私は右足がないからこそいまの私でいられる。右足があったままだったら、あるいはあなたに出会えていなかったかもしれない。事故は女性を救えなかった罰とともに、生き続けるうえでの賜物も預けてきたのだと感じています。神は信じていませんが、なんらかの力がはたらいている気がしてなりません」

お互いにピルスナーウルケルをごくりと飲んだ。私が「そういうものかもしれませんね」と反応すると、男は話題を変えた。

「子どものころの嫌な記憶がありましてね。何かの拍子に思い出すと、吐き気を催す」

不安な思い出は四半世紀以上にさかのぼる。「小学四年生になったばかりの春の夕方です。放課後、十二人の同級生たちと河川敷でかくれんぼをしていました。私は持ち主のいないホームレスの段ボールハウスに身を隠しました」

ここなら見つからないだろう――そう思ってひざを抱えていると、結局のところ、本当に見つからなかった。見つけてもらえなかった。男は、一時間は隠れていた気がすると言った。段ボールの壁に貼ってあるギターを持ってジャンプする男の白黒のポスターを見ながら、だんだんと不安が募ってきた。外に出ると、もう夜が広がっていた。

まだかくれんぼが続いているのかわからないまま立ち尽くしていると、段ボールでこしらえた城に、くたびれた荷物をいくつも抱えた持ち主が帰ってきた。その浮浪者は肩まで髪が伸びきっていて、口の周りを豊潤なひげが覆っていて、神の化身のように見えたという。河川敷の神はひと言、「ここにはもう来るな」と告げてきた。

「東京とはいえ、田舎の町ですから、真っ暗です。名前を呼んでも、友だちは誰もいない。文字どおり一人取り残されたわけです。風が強かった。暗闇に流れる川も恐ろしかった。何かの折にあの感覚を思い出すと、めまいがして、冷や汗が出ます。実を言うと、駅のホームから落ちたときもそうでした。地下鉄の線路が一瞬、川のように思えた」

店内のボブ・ディランが今度は「風に吹かれて」を歌い始めた。男は「まあ、命は助かりましたからね」と言って、目を伏せた。ほとんど空っぽになったピルスナーウルケルのグラスをぎゅっと握っている。

十二人の友だちがいなかったのは、かくれんぼの最中に橋から飛び下りた一人が左足を痛め、みんなで学校の保健室に連れていったからだという。友だちの豊《ゆたか》くんは左足を骨折していた。一人残された少年は何も知らないまま、暗闇に覆われた道を帰った。男は「いま思うと、誰にも見つけてもらえなかったあのとき、自分の人生が別の方向に向かったような気がします」とつぶやいた。

男は「答えは風に吹かれている」と言い、そのとき段ボールハウスのポスターに浮かぶギターの男の後ろにかすかにアルファベットが見え――呪文の一節のように思えたという――その形に目を奪われたと話した。それから、かくれんぼから数日たった夕暮れ、家からマッチを持ち出して、空室であることを確かめたあと、ホームレスの段ボールハウスに火を点けて燃え尽きるのをずっと見続けていたのだと明かした。

オレンジジュースを飲んでいた

父が白血病で息を引き取るまでの十カ月はまるで夢のようだった。言うなれば悪夢で、何もかもが仄暗くよどんでいた。葬儀が終わってから一カ月以上がたったいまも、まだ別の世界に迷い込んだような気がしている。

朝食には急ごしらえのサンドウィッチを食べた。耳を残したままの食パンに軽く炒めたベーコンとレタスとトマトを挟んだものだ。このあいだ買ったばかりのインスタントコーヒーはおぼろげな苦味が気に入っている。大学で社会学を学ぶために四国から上京して始めた一人暮らしはすっかり板についた。朝のメイクはだいたい十分で切り上げる。どのみち、わたしの顔の仕上がりを気にする人なんて誰もいない。恋人をつくらない生活がずっと続いている。

アパートの外からごみ収集車が作業をしている音が聞こえている。耳だけ貸していたテレビの天気予報は、今日の東京は三十五度を超える猛暑日だと話していた。

ほんの小さなスペースしかない玄関で今日は何を履こうかと少し迷い、ベージュのハイヒールを選んだ。東京に雪がちらついた冬の終わり、就職祝いに母が買ってくれたものだ。生まれてからこれまで四国をほとんど出たことがない母は銀座の華やかさに圧倒されながら、「東京のハイヒールはけっこいいなあ。こっちまでうれしゅうなる」とプレゼントを選んでくれた。買い物のあとにひと休みしようと入った喫茶店のコーヒーの値段に、母は目を丸くしていた。結婚前は大手町で働いていた父は黙って穏やかな笑みを浮かべていた。三つ年上の姉は結婚したばかりで、左手の薬指にはめたウェーブの指輪が無限大のマークのように見えた。いまはもう姉は離婚していて、東京から田舎に戻り女手一つで一人息子を育てている。

駅までの道すがら、歩いているだけで汗があふれてきて、間に合わせの化粧がほとんど意味を失った。萎《な》えかけた気持ちをなんとかそれ以上しぼまないようにふんばりながら、わたしはベーコンとレタスとトマトのサンドウィッチは父に初めてふるまった料理だったなと思い出していた。出前の寿司がうれしくて姉と割り箸でふざけていて左目のまぶたを傷つけた直後だったから、小学二年生の夏だったはずだ。不恰好なサンドウィッチを口にした父は「こげんおいしいもん、生まれて初めて食べたわい」と大げさなくらい喜んでくれた。「最高のお嫁さんになるわい。子どもも喜ぶはずよ」と声をかけられ、わたしはうれしくなって最高のお母さんになろうと決めた。

こぢんまりとした商店街を抜けるころ、肩まで伸びた髪がわずらわしくて、そろそろ美容院に行かなければと思った。蝉の鳴き声が何度もジッパーを上げ下げする音のように聞こえてくる。耳障りだし、汗は流れ続けるし、父との思い出は実を言えば気分を落ち込ませたし、わたしは足を止めた。今日は会社に行くのをやめよう。急にいつもとは逆の電車に乗りたくなった。

大学を卒業して小さな特許事務所に就職してから三年が過ぎた。介護用品や医療用診断装置などの商標権取得に関する仕事にはようやく慣れてきた。前に特許庁審査官を務めていた社長も含めスタッフはみんな人当たりが良く、小ぶりのオフィスの居心地も悪くはない。ただ、毎日が楽しいかと言えば、首をひねる。パソコンのモニターに向かい、書類を処理する仕事をずっと続けていく未来は思い描けない。先月、同僚の一人が寿退社でうれしそうに去っていった。

駅の改札を抜けたわたしはいつもとは逆のホームに立ちながら、父の病気がわかったころの出来事を思い起こしていた。就職して二年がたった初夏、わたしの近況を聞こうとめずらしく携帯電話を鳴らしてきた父は、のどの腫れが引かず、体もだるく、風邪っぽい症状がずっと続いているのだと弱々しい声で言った。わたしは「ちゃんと病院で診てもらったほうがええよ」と言った。あまり心配してなかったけれど、ほどなく母が、父は白血病と診断されたと連絡してきた。母は泣いていた。直後に電話してきた姉もうるさいくらいの泣き声だった。わたしは泣かなかったなと思い出していると、急行が駆け抜け、熱風が通り過ぎた。わたしは会社に電話をかけ、三コール目で出た課長に風邪気味だから今日は休ませてほしいと伝えた。

父の四十九日が近づき、わたしは引け目を感じていた。父の葬儀で母と小さな息子を連れた姉のむせび泣きが永遠に続くように思えた一方、わたしはやっぱり泣かなかった。父が大好きだったのに、涙はひと粒も出てこなかった。東京の大学でのキャンパス生活がもうすぐ終わるころ、わたしから父に連絡することはまったくなくなった。就職してからも、わたしが電話することはなかった。小学二年生の夏に言われた言葉を、ひとまずは最悪の答えで裏切ってしまった自分を卑怯者だと感じていた。

連絡はとらなかったけれど、父が白血病だとわかってから何度か帰省して病室を訪れた。抗がん剤の副作用で吐き気や嘔吐に苦しむ父に対して、わたしは大したことは何も言えなかった。頭髪が抜け、それでも「最近のビリー・コーガンみたいじゃろ?」とか細く笑う父の冗談に、どんな表情を向ければいいか、わからなかった。わたしには父に言えない秘密があって、そればかりが気になっていた。母にも姉にも隠しておかなければいけない出来事があった。

最後に会ったとき、やせ細った父は「幸せに生きんさいや」とわたしの手を両手で握ってきた。わたしはその手のあまりの冷たさと弱々しさに動揺し、うなずくことができなかった。結局、心の準備ができていたとはいえ、やがて訪れた父の死に目に立ち会うことはできなかった。どうしても手放せない仕事を任されていた。それはわたしに与えられた罰なのだと感じていた。

しめやかに行われた父の葬儀でただじっと突っ立っていた自分を心苦しく思いながら、わたしは普段とは正反対の電車に揺られ、何度か路線を変えた。めざしていたのは学生時代を過ごした街だ。決着がつくとはとても思えなかったけれど、あのときのあの場所にいったん戻らなければ父の四十九日を迎えられない。わたしはそう信じ込んだ。人生はやり直しがきかないのに、なんとか最低な過去を拭い去りたかった。

それでも懐かしさが込み上げる駅の改札を抜け、四年間を過ごしたアパートを見に行った。ハイヒールを履いてきたことを後悔した。薄色の枯れ葉みたいな色の壁のアパートは四階建てで、三階の角部屋がわたしの部屋だった。あそこでの恋愛があちら側に転ばなければ、いまわたしはここにいないのに——まやかしの世界を想像していると、亜麻色のノースリーブのワンピースの背中が汗でびっしょりになっていた。

十五分ほど歩くと、あのアパートはもうなかった。建物はそっくり消え、車が四台停められるコインパーキングになっていた。ぼんやりと立ち尽くしたままのわたしを、駐車場の端にいる子猫がじっと見つめている。わたしはあのころ、ときどき一匹ののら猫にえさをあげていたあの人の背中を思い出していた。「名前をつけてやったんだ」と笑う彼から、その名前を教えてもらうことはなかった。

なぜだかどっと疲れたわたしは駅のほうに戻り、導かれるように学生時代の彼氏に別れ話を切り出された喫茶店に入った。同じ学部の同級生で、お互いの友人を通してポール・オースターをよく読んでいる共通点があることがわかった。二年生の夏、図書館でばったり会って、どんな流れだったか「珈琲と紅茶ならどっちが好きか」という話になった。

「紅茶かな。色が好きだから」という答えが返ってきて、その人に恋心を抱くようになった。

「それでね、みきが妊娠したらしいのよ」

わたしが席に着いてほどなく、隣に座るショートボブの女の子が切り出した。ひたいの汗を右の手のひらでぬぐいながら、向かいに座る眼鏡の男の子が「本当に？」と聞き返す。何年か前のわたしたちもこんなふうに、この喫茶店で差し向かっていろんな話をした。わたしは二人の話に耳を傾けた。

ショートボブの女の子と眼鏡の男の子は同じ大学に通っている。どうやら恋人同士らしい。みきは二人の同級生で、高校一年生のときから付き合っている彼氏がいる。けれども、アルバイト先の雑貨屋の店長とも関係を持っていて、さらには何度か一夜限りの恋を楽しんできた。妊娠検査薬に赤紫色のラインが出たものの、誰の子かはわからないという。

女の子いわく、みきは「産みたい」と相談してきたが、両親にはまだ伝えることができていない。男の子が「どうするんだろうな」とつぶやくと、二人のあいだに沈黙が流れた。わたしもあのとき、彼にも友人にも誰にも何も言えなかった。そうなれる自信がなかったわたしを、まもなく彼はこの喫茶店で振った。「就職活動に専念したいんだ」と言った。でも、本当のところはわからない。

恋人同士の静寂のかたわら、わたしは店に流れている音楽に聞き覚えがあることに気づく。姉が生まれた直後に建築家として独立した父がよく聴いていた曲だ。スコットランドのオレンジ・ジュースというバンドで、わたしが生まれたころにいちばんよく聴いていたという。特に『ユー・キャント・ハイド・ユア・ラヴ・フォーエヴァー』というアルバムがお気に入りで、小さなわたしは二頭のいるかが空を舞うジャケットをよく目にしていた。歌っている内容はまったくわからなかったけれど、軽やかな音楽が嫌いじゃなかった。

父は数えきれないほどのレコードを壁一面の棚に収め、いろんな音楽を聴いていた。サンドウィッチをつくったのと同じころ、わたしがオレンジ・ジュースのレコードの穴から右目を覗き込むと、父はほほ笑みながらわたしを抱え上げてくれた。いつもより高い場所にいるわたしは、天井に小さなひびが入っているのに気づいた。

父が白血病でこの世を去るまでの十カ月、わたしは身勝手に苦しんでいた。絶対に言ってはいけないという決意と、自分の身に起きた一大事を隠し続ける罪悪感とのあいだで文字どおり揺れ、ずっとめまいがしていた。真夜中に急に目覚め、胃のなかのものを戻す日を繰り返した。正真正銘の自分勝手な痛みに、お構いなしにもてあそばれ続けていた。自分に対する不快感から体重はずいぶん減った。月並みな生活を送れていた記憶がほとんどない。

隣に座っていた二人が立ち上がり店を出ていった。外から熱を含んだ風が入ってきた。父がのめり込んでいたオレンジ・ジュースの曲を聴きながら、わたしはひそかに子どもを堕ろした大学四年生の春を思い出していた。誰も知らない過去を永遠に持ち続けるわたしはそのとき、オレンジジュースを飲んでいた。ストローを少し触ると、氷同士がぶつかり合って、風鈴のような音が鳴った。

抜け殻の音楽

二〇一一年の春、僕たち四人は宙ぶらりんになった。全員が大学受験に全敗し、高校を卒業した。三日前に起きた東日本大震災の影響で卒業式が中止となり、しかるべき通過儀礼を経験せずに浪人生活が始まった。

東北地方を中心に無数の死者や行方不明者が出て日本中が動乱しているなか、全員がそろって再び大学進学を目標に掲げ、同じ予備校に通い始めた。誰も明確な夢を持っていなかったと思う。それぞれがとりあえず東京方面の志望校をいくつか決めていた。基準は単純で、偏差値や大学の知名度だった。「つぶしが効きそうだから」という場当たり的な理由だけで経営学部や商学部にねらいを定めていて、視線の先に「やりたいこと」など何もなかった。そもそも、「やりたいこと」が収まっている社会が何なのかすらわかっていなかった。十八歳の僕たちは正真正銘の世間知らずだった。

震災とある意味での人災で世のなかがいとも簡単にぐらつく様子を日々目にしていると、正直なところ、漫然と大学をめざし、やがて惰性で社会に出るような後ろ向きな未来に意義を見いだせなかった。巨大な地震が証明したように、夢を持ち、愛する人がそばにいても、ある日突然死が訪れる。テレビやネットニュースでいくつもの人生がばったり途切れているのを知ると、重い気分が垂れ込めた。

しかも四月が終わるころ、敦司《あつし》の告白に僕たちは動揺しまくった。単身赴任で福島県で養殖業に携わる父親と連絡がつかないのだという。養殖棚と作業場は津波に飲み込まれた場所にあり、敦司は「もうだめかもしれない」と漏らした。僕たち三人には敦司にかける言葉が見つからなかった。敦司は「まあ、でもみんなには関係ないから」とつぶやいた。

間に合わせの予備校通いと敦司の父の死の気配のなか、唯一憂さ晴らしになったのがバンド活動だった。

高校一年生の夏から続けていた。グループ名の「サイレント・スプリング」は、プライマル・スクリームのファーストアルバムから拝借したものだ。軽音楽部の部室で名前を決めようと話し始めたときにちょうどこの曲が流れ始め、なんとはなしに決まった。アルバムごとにカメレオンのように変化してみせるプライマル・スクリームの音楽は、僕たち四人のお気に入りだった。

サイレント・スプリングは、浅井《あさい》がボーカルとギター、僕がギター、元昭《もとあき》がベース、敦司がドラムという構成だった。浅井と敦司は中学からの同級生で、すでにバンド活動を始めていた。僕たち四人は一年A組の同じクラスで、妙にそりが合った。特に音楽の趣味がしっくりきた。一時間に一本しか電車が来ない田舎の奥底にあって、プライマル・スクリームやマイ・ブラッディ・バレンタイン、ストロークスやマンドゥ・ディアオなんかに惚れ込む四人がそろったのは、文字どおり奇跡だった。四人とも中学時代にそれぞれの理由で音楽に目覚め、電車で一時間半もかかる街の輸入CD屋に足繁く通っていた。帰宅して学ランを着たままCDを聴きまくり、放課後に学ランのままへぼいなりに演奏するなかで、古めのロックンロールにも出合い、幅だけは広げていった。

高校のときは毎日のように楽器を鳴らした。浅井の父親が営む板金塗装の工場にちょうどいいスペースがあった。サイレント・スプリングはコンクリートのひび割れた壁に向かってエネルギーを発散した。あるときなどはギターをベースに持ち替えたばかりの元昭のリズムがもたつきすぎだと言って、浅井がマイクを床に投げつけた。二人とも気性が荒いから、殴り合いになった。浅井は鼻血を出し、元昭はくちびるを切り、その日のジャムはそこで強制終了となった。でも、翌日には四人そろってマイ・ブラッディ・バレンタインの「ノー・モア・ソーリー」を傲慢に演奏していた。

まだ高校生の僕たちに大きな野望はなかった。放課後に錆びついたシャッターを開けて、ギターとベースをアンプにつないでばかでかい音をかき鳴らして、型落ちのドラムをどかどか叩いて、暴走列車みたいにたがを外して、抜け殻になるだけで十分だった。放心状態で夜を迎え、明日への不安をかき消した。

人前で演奏したのは一度だけだ。高校二年生の秋、学校の文化祭に出た。ストロークスの「ハード・トゥ・エクスプレイン」で始め、プライマル・スクリームの「カントリー・ガール」を挟み、ストーン・ローゼズの「ディス・イズ・ザ・ワン」と「ドント・ストップ」を続け、オアシスの「ロックンロールスター」で締めた。ものめずらしそうに体育館に集まっていた二〇人ほどの聴衆は居心地が悪そうだった。誰も、汗びっしょりの僕たちが敬愛する偉大なるバンドのことなど知らなかったのだ。乾いた拍手がただただ虚しかった。

二〇一一年の夏、僕たち四人はもう一歩進もうとした。父親がまだ見つからない敦司はぼんやりと空を見上げることが増え、ほかの三人には前を向くべく不安と悲しみを振り払ってあげなければという思いがあった。予備校の模試の点数は上がらないし、ずっとカバーを続けていたしで、なんにせよ行き止まりにぶつかった感があった。スタジオ代わりの工場の一角には、何かをがらりと変えないと何者でもない状態から抜け出せないという焦燥感が漂っていた。

六月の夕方、予備校の休憩室で話が進んだ。いつもは口数の少ない敦司が父親の同僚が遺体で発見されたのだと話したあと、「オリジナルの曲をつくらないか？」と切り出した。机の上に座ってコンビニのアイスコーヒーを飲んでいた浅井が「いいアイデアだ。合宿して曲をつくろう」と言い添えた。僕が「曲ができたら音源をインターネット上に上げてみないか」と提案すると、元昭が「レコード会社にも手当たり次第に音源を送ろう。どこかに引っかかるかもしれない」とのってきた。

僕たちは夏期特別講習を受講すると親をだまくらかして、合宿の資金を用意した。スタジオ付きのコテージを三泊四日で押さえ、元昭が運転する車に二時間ほど揺られた。コテージにバーベキューセットが一式そろっているのを調査済みだったから、途中でスーパーマーケットに寄って肉やら野菜やらの具材をたんまり買い込んだ。夕方近くにスタジオに着くなり、肩慣らしにストロークスの「ラスト・ナイト」をやった。調子は悪くなかった。導火線に火が点いたような感覚があった。

初めての曲づくりだから、誰も正解を知らない。何かきっかけをつかもうと、各々が自分の楽器を思うままに鳴らす。暗中模索の音がしばらく続いたあと、浅井がストーン・ローゼズの「ウォーターフォール」のイントロをまねたようなフレーズをギターで弾き始めた。そこに僕がシンプルなコードを重ね、リズム隊が追いかけてきた。四人はなんとか見えたぼんやりとした光を追って、演奏を繰り返した。小さな糸口を見つけ、一日目の格闘は終わった。

夜の十時すぎ、コテージに備え付けのセットを使って夕食のバーベキューをやり始めてしばらくすると、敦司が「みんなに言いたいことがある」と口を開いた。

「予備校をやめるよ。大学受験どころじゃないんだ。親父はたぶんもう帰ってこない。だから、母親も姉貴もすっかりまいっている。親父がいなけりゃ、大学の授業料も支払えないし、俺が働いて家族を支えないといけない」

父親の弟が営む不動産会社で雇ってもらえるのだという。敦司は「でも、バンドは続けたいと思っている」と言い足したけれど、僕たち三人は何も答えなかった。誰かの死が誰かの生きる道を大きく揺るがす——誰も口にしないながら、全員が人生の摂理みたいなものを感じ取っていた気がする。三月十一日の朝、たとえば敦司の父親がいつもより少し遅く起きていれば、あるいは敦司の状況は全く違っていたかもしれない。気づけば、バーベキューの炭火はほとんど消えかかっていた。

二日目は朝の八時すぎからスタジオにこもった。いつになく気合が入っていた浅井がまたウォーターフォール的なギターを鳴らし始め、いいかげんな歌詞でメロディーを乗せていく。僕がリズムギターとして表情をつけ、元昭が引き締まったベースで支え、敦司が抑揚のあるドラムで肉づけしていく。

音を鳴らしては止まり、音を鳴らしては止まりの繰り返し。誰も昼食をとろうとは言わなかった。それだけ熱中していた僕たちはコード進行を微調整し、ベースラインにうねりを加え、ドラムに強弱をつけた。浅井がギターソロを入れたいと主張し、元昭は曲が盛り上がる部分でコーラスを入れようとアイデアを出した。手探りで音を鳴らし続けながら、徐々に初めての自分たちの曲を形にしていった。

夜通し試行錯誤を重ねながら、三日目の朝方にようやく一曲が出来上がった。「俺たちのアンセムだな」と浅井がにやりとした。四人で意見を交わしながら、「すべて失われる者たち」という仮のタイトルをつけた。全員が満足げな表情を浮かべていた。

でも、昼食のあとにいざ音源を聴いてみると、みんな黙りこくった。なんとか仕上げた曲はつまるところ、ごく初期のストーン・ローゼズかプライマル・スクリームあたりが駄作として葬り去るような軽薄すぎるギターポップだった。率直に言って、完璧なまでにつまらない曲だった。達成感はすぐに虚脱感に変わった。全員が失望を隠さず、重苦しい雰囲気が漂った。テーブルの上には「すべて失われる者たち」とだけ書かれた紙が無造作に置かれていた。

だから誰も歌詞を書きたがらなかった。そもそも、四人とも書きたいことも書けることもなかったのだ。父親の見つからない敦司に関しては、書きたくないことがあったと言ったほうがいいかもしれない。順調に思えた曲づくりは一転行き詰まった。

三日目の午後は誰も演奏しようとは言わず、抜け殻みたいな状態で時間が過ぎるのを待った。コテージのソファでうとうとする者もいれば、スマートフォンでずっと音楽を聴いている者もいた。僕は意味がないと思いながら、手持ちぶさたにギターの弦を一式交換していた。合宿初日の夜、浅井は「ギターのネックってマシンガンみたいだよな」と言った。そのとき僕は、がらんどうの明日も撃ち抜くことができるのだろうかと思った。

結局、安っぽいギターポップが完成しないまま、まもなくサイレント・スプリングは空中分解した。敦司が予備校をやめ、音楽のつながりを失った全員は徐々に疎遠になった。三人の行き先は知らないし、あの年が終わったあと僕は誰にも一度も会っていない。

キラキラのそのあとで

もっと何かできたのではないかと思うと、胸が張り裂けそうになる。救いを求める声を聞き流した自分の愚かさを突きつけられると、心底、幻滅してしまう。

幼なじみの幸子《さちこ》が自ら命を絶った。まだ三十四歳だった。子ども二人を残して、急に人生を終わらせた。僕にとって身近な人の自死は人生で初めての出来事で、その知らせを聞いたとき、うろたえにうろたえた。

幸子と最後に顔を合わせたのは一年前の夏だ。僕が小さな城下町に帰省したとき、高校時代に同級生の何人かとよく通っていた「オール・ザット・ルーズ」という名の喫茶店で落ち合った。何かの折に実家に帰ると、幸子と会うのが習慣になっていた。小学三年生のときに同じクラスになってから幸子とはずっと親友だった。小さなころから裏表のない幸子は気兼ねなく話ができる相手で、高校まで同じ学校だった関係もあって、そのあとも機会をつくって近況を報告し合っていた。

遅れてきた幸子の髪の毛は伸びきったまますすきのように乾燥していて、化粧っけのない肌は古びた陶器のように青白かった。どこか生気のない様子だったけれど、幸子は若草色の座面の椅子に座るなり、半ばからかうように「ねえ、まだ結婚しないの？」と訊いてきた。

「いまは付き合っている人もいないんだ。彼女がいたら帰省なんかしないよ。恋人同士の時間を楽しんでるはずだ」

「そう。早く幸せになってほしいけどね」

「その気持ちはありがたいけど、いまでも十分に幸せだ。仕事も充実しているし」

結婚と幸せを結びつけた幸子の言葉に大きな皮肉を感じたが、何も言わなかった。僕たちは同級生の一義《かずよし》と市子《いちこ》が去年結婚した話題で盛り上がり——高校時代、幸子は一義に何度も言い寄られていた——二人の結婚式をきっかけにこちらでは定期的に同窓会が開かれているのだと幸子は教えてくれた。「昔話ばかりでつまらなそうだから、わたしは一回も参加したことがないんだけれど」と幸子は続けた。ノースリーブのワンピースでむき出しになっている両腕は子鹿の前脚のように細かった。

幸子はあのころと同じくアイスティーを飲みながら、最近観た映画の話を始めた。深夜にテレビをつけ、ついつい見入ってしまったのだという。

「皮のレーシングスーツを着た女性がオートバイにまたがって、不倫相手に会いにいくの。不倫関係を続ける大学教授はアラン・ドロンが演じていて、題名は『あの胸にもういちど』だったと思う。

ほとんど何も起こらない映画よ。ラストシーン以外はね。正直、これまで観てきた映画で最上級に衝撃的だったかもしれない」

「どんな結末なんだい？」

「それは言えないわ」と幸子は言った。「とにかく、人生そのものが描かれているのよ」

「人生そのもの、か」

いくつかの話題で会話が続き、僕が先週いっぱい風邪で苦しんでいたのだと話すと、幸子は一瞬黙って「わたしはうつ病なの」と打ち明けてきた。二年前に二人目の子どもを産んでから三週間に一度、病院に通っているという。「女手一つで男の子二人を育てるのはなかなか骨が折れるのよ。誰かに相談できるものでもないし」と泣きそうな笑顔を見せた。

「そうか」とこぼしたっきり、僕は何も言えなかった。幸子のこれまでの人生を知っていたし、下の子を妊娠中に職場の上司だった夫を亡くしていたこともくみとった。出張先のホテルで、突然の死だった。心筋梗塞だったらしい。七年目の結婚記念日に起きた痛ましい出来事だった。それでもお腹に子どもを抱えたまま、夫の葬儀をほとんど一人で切り盛りした幸子の表情はどこか狂気を漂わせていた。

幸子はストローの袋に結び目をつくりながら、「私の人生、幸せなことなんて一つもなかったな」と息をもらした。「完全に名前負けね」とうつむいた。

子どもがいるじゃないか、とも言い切れなかった。上の子は自閉症で、下の子は生まれつき心臓の形に異常があった。それに、一人っ子の幸子は父親を早くに亡くしていた。小学校を卒業する直前、父親の葬式に参列した幸子は、しきりに天井と曇り空を見上げていた。頼れる夫を失った母親は僕たちが中学校を卒業する少し前に新興宗教に入れ上げ、偏った見方をするようになった。宗教活動につぎ込む出費がかさみ、幸子は高校三年生の夏までめざしていた大学進学を諦めなければならなかった。

成績優秀者として高校の入学式で代表者のあいさつをした幸子は、文句なしに聡明だった。利発な幸子が駅前に四階建てのデパートとも呼べないあまりにも地味な建物があるだけの田舎にとどまったのは本当に心苦しかった。大学に行くのか、東京に出るのか、もっと広い世界で羽ばたくべき存在だったのに。

高校卒業後、地元の信用金庫に就職できたのも、完璧な幸せとは言えない。それから数年後、寿退社したときに、幸子は感情のない表情で「最終面接のあとに信用金庫の重役の相手をしたから採用されたんだと思う」と告白してきた。

「うつ病なの」ともう一度沈んだ幸子はアイスティーをじっと見つめて、「ただ」と細い声を落とし、言葉を継いだ。

「あのときだけはキラキラしてたかな」

「あのとき」がいつのことか、すぐにわかった。僕が大学二年生のころ、春から冬が終わるまでのあいだ僕たちは正真正銘の恋人同士だった。一年にも満たない時間だったけれど、忘れ難い青春時代だ。正直に言えば、そのときの熱っぽさはずっと消えていない。

　社会人になりたての幸子は不安が少なくなかったのか、東京にいる僕によく電話をかけてきた。宗教活動に忙しい母親からはまともな助言はもらえないと感じていたのだろう。まだ大学一年生で世のなかのことなんて何も理解していない僕は幸子の弱音にただ耳を傾け、幸子の話がひととおり終わると、毎回のように「俺にはわからないよ」と伝えた。幸子はそのたびに「優しいのね」とつぶやき、同僚の愚痴をもらしたある晩、泣き声で「わたしのそばにいて。わたしと付き合ってほしい」と言ってきた。

　実のところ、八歳のころから知っている幸子に対して一度も恋心を抱いたことはなかった。けれども、そのときはすんなりその願いを受け入れた。幸子に必要とされていることがうれしかったし、東京で一人暮らしを始めたばかりの僕なりの孤独感と、社会に飛び出してまもない幸子の淋しさが重なったのだと思う。僕たちはお互いの不安を埋め合うような関係を選んだのだ。

　東京の大学でその場しのぎのような生活を送っていた僕は毎日のように幸子と電話で話し、笑い合った。僕が帰省し、あるいは幸子が東京に出てきて、二カ月に一度は会った。小学三年生のころからずっと友だちだった関係が変わり、恋人同士になった僕たちは浮かれていた。世界が自分たちのために存在しているような、そんな無敵の感覚があった。僕は幸子のしなやかさが大好きだった。ありのままの自分を見せ、前向きさを失わず、好奇心にあふれ、人に優しく、周りの声を聞き入れる——幸子の柔らかさが弱さと表裏一体だと知ったのは、それからずいぶんあとになってからだ。

夏の暑い日、ドライブで海まで行った一日は忘れられない。僕が車の免許を取るとすぐ、幸子が電話で「海に行かない？」と誘ってきた。小学五年生のとき、宿泊学習で訪れた場所をもう一度めぐってみたいのだという。そのころ僕たちは同じクラスで、ある学期には一緒に学級委員を務めていた。

大学の夏休みに帰省した僕は、父親からスズキの赤いマイティボーイを借りてハンドルを握った。朝の九時すぎに出発した僕たちは海までの道中、昔話に花を咲かせた。小学四年生のときに学年全体で挑戦したナイトハイクで、担任の松本《まつもと》先生がTシャツを反対に着ていたことを思い出して大笑いして、小学六年生の修学旅行で夜中に女子の部屋に男子が入って朝まで好きな人を発表し合ったことを懐かしんでほおを緩め——僕はみゆきが好きで、幸子は拓郎《たくろう》が好きだった——中学二年生のとき、放課後の教室に残った男女数人で性についてあけすけに語り合ったことを振り返って苦笑した。そこには間違いなくまぶしい時間が流れていた。

過去の記憶をつなぎながらようやく海に着いた。何か特別なことをしたわけではない。水着も持っていかなかった。幸子は寄せては返す波打ち際を行ったり来たりしてはしゃいでいた。僕もつられてTシャツを脱ぎ、ジーンズのまま海に飛び込んだ。その後どうなるかなんてどうでも良かった。幸子は手を叩いて大笑いした。海から上がった僕は、海水をたっぷりと含んだジーンズを幸子と一緒にかたく絞り、松の木に干した。ジーンズがほとんど乾くまでのあいだ、僕たちは並んで座って海をじっと見ていた。夕陽がキラキラと反射する水面を見ていた幸子は突然泣き出してしまった。

僕は肩を抱くことしかできなかった。

　帰りは星空の下、マイティボーイを慎重に走らせた。海辺で動き回って疲れたのか、幸子は窓の外を見て黙りこくっていた。幸子が持ってきたポータブルのＣＤプレーヤーからストーン・ローゼズの「サリー・シナモン」が流れてきた。イアン・ブラウンが綱渡りを始めるみたいに歌い出すと、幸子が外を向いたまま「ねえ、いつか結婚しようよ。わたしたちなら幸せになれそうな気がする」と言ってきた。不意打ちをくらった僕は頭が混乱して、しばらく何も答えられなかった。けれども、めまいがするくらいうれしくて、イアン・ブラウンが最後にサリー・シナモンに「君こそ僕の人生」と呼びかけたあと、「うん、結婚しよう」と返事をした。

　でも結局のところ、その話はその場かぎりで、僕たちは結婚しなかった。僕たちは春が冬を追い出すころに離ればなれになった。幸子から別れを切り出された。理由はわからない。東京に来て僕の誕生日を祝ってくれてから一カ月後、「このまま続けてもうまくいかないわ」と幸子は言った。僕はしばらくして、風のうわさで幸子が上司の子どもを妊娠したことを知った。

　ひどく落ち込んだ。大学には行けず、アパートにこもり孤独を感じながら泣いていた。文字どおり世界が終わったような感覚がした。けれども、僕たちはまた友だちの関係に戻った。お互いの現在地を報告し合い、ときどき悩みを相談した。最後に会ったときもそうだった。いつもとただ一つ違ったのは、幸子が初めて正面から弱音をぶつけてきたことだ。幸子は僕に助けを求めていた。それなのに、僕は気づかないふりをした。僕には幸子の人生そのものを受け止める強さがなかった。

真夜中、幸子はどんな気持ちで自分たちの暮らしていたマンションの屋上に立っていたのだろう。想像すると、胃の底がめくれ上がるような感じがする。心が弱っていたとはいえ、子ども二人を置き去りにする決断は簡単ではなかったはずだ。いつもの喫茶店でうつ病だと明かした幸子は、「子どもだけが生きがいよ」と言っていた。

幸子がいなくなってからちょうど一週間後、ハートと花と青い鳥の切手が貼られた封筒が配達日指定で届いていた。差出人は幸子だった。僕はその封を永遠に開けることができない。

鳩時計

テレビの天気予報が明日の夕方、関東に台風がやってくると告げていた。東京の電車は平常どおり運行する予定だけれど、遅れや運転見合わせの可能性もあるという。わたしは夕食後のコーヒーを飲みながら、伸びすぎた後ろ髪を左手でもてあそんだ。歴史ある私立大学の広報部で働くわたしは明日、学校案内のパンフレットの取材に立ち会うため、卒業生の勤める会社に十一時に行かなければならない。台風にじゃまされないか、少し心配になった。

冷凍のカルボナーラは一人で食べた。達治《たつじ》からは「今日も残業」とだけＬＩＮＥが来ていた。正直なところ、ほっとした。ここ数年は二人でいると居心地の悪い時間ばかりで、つくづく息苦しい。子どもがなかなか生まれない事実が濃くなれば濃くなるほど、わたしたちの距離は開いていく。

風が吹いて、窓ガラスが少し震えた。高層マンションの十二階は、低すぎず高すぎず、宙ぶらりんのような空間に感じる。

三年前、湾岸エリアにマンションを買おうと言い出したのは、東京で生まれ育った達治だ。それまで暮らしていた五階建てのマンションは達治の実家に近い賃貸で、大手の保険会社に勤める達治は高層マンションの購入にこだわった。ある晩、「そろそろわが家がほしいよな」と切り出し、「いまの東京で家を買うならやっぱりタワーマンションだろ?」と屈託なくその理由を明かした。「子どもができたときのことも考えて、なるべく広さには妥協したくないよな」

北関東の田舎の広い戸建てで生まれ育ったわたしには、ほとんど借り物の敷地のマンションに大金を使う感覚がなかった。でも、だからと言って、たとえば建売住宅に強い思い入れがあったわけでもない。どこに住むかは大して重要ではなく、一定の無関心さを隠して、達治の仕切りにすべてを任せた。

週末ごとに達治のペースで内覧を重ね、いまの住まいに決まった。東京タワーとレインボーブリッジが見える立地に達治は感動していたけれど、わたしにとってはどうでも良かった。引っ越しがひととおり終わったあと、達治は「もう少し高い階でも良かったかもな」とひとり言のようにつぶやいた。わたしは家庭をつくる時間が本格化するんだなと思った。

つけっぱなしのテレビでは、四国のある県で遊んでいた二人の小学生が川に流され行方不明だというニュースが流れていた。わたしはテレビを消して、皿の上に置いたフォークの先をじっと見つめる。小さなころの記憶が二つ重なって頭のなかをぎゅう詰めにした。

一つは幸せな思い出だ。親子三人で並んで遊園地を歩いた夏休みが思い浮かんだ。水泳を習い始めた年だったから、小学二年生のときだろう。メリーゴーラウンドで目が回って、観覧車で足が震えて、ジェットコースターで心臓が飛び出しそうになって、それでもわたしたちはとことん笑い合った。新聞記者として働く父が仕事で忙しい人だったから、覚えている限り三人で出かけるのは生まれて初めてだったと思う。そして、三人で楽しむ最後の小旅行になった。

皿の上に寝転ぶフォークが引き起こしたもう一つの記憶は、その少しあとの話だ。前日に続き台風が東京に襲来していた。めずらしく父が早く帰ってきて、家族三人で夕食を食べた。ただ、食事中は父も母も無言だった。スパゲッティナポリタンをあっという間に食べ終わると、父が口を開いた。

「有紀《ゆき》、大事な話があるんだ」

わたしは真剣な父の表情が怖くて、母のほうを見た。母はわたしに目を合わせることなく、左手で口を覆っていた。

「パパとママはこれから離ればなれに暮らすことになった。リコンってわかるかい？　理由はいまは言えないけれど、もうママとは一緒にいられないんだ。パパと有紀はこれまでどおりこの家に住む。ママは……別の街に行くことになった」

「リコン」という言葉が頭のなかでぐるぐる回った。強い風が吹いて、窓硝子がもだえ苦しむように音を鳴らした。八歳になったばかりのわたしは、何がなんだかよくわからなかった。パパとママともう一緒にいられないなんて——細切りのピーマンを下に隠したフォークをじっと見ていると、涙がぽろぽろと止まらなくなった。「どうして？」と聞いても、父も母も何も答えなかった。母は「ごめんね」とだけ口にした。

父とずっと暮らしてきたわたしは成人式の夜、リコンの理由を打ち明けられた。父は「ママは不倫していたんだ」と言った。ある日、「ほかに好きな人ができたの」と告げられたという。父は一瞬頭に血が上ったが、仕事ばかりで全く気づかなかった自分の至らなさに無力感を感じた。「だから、闘えなかったよ」と話した。不倫の相手が誰なのか、親権をめぐる話し合いはあったのか、なぜ母とわたしはあれ以来一度も会わないのか、母はいまどこで何をしているのか、父は何も言わなかった。二十歳のわたしは、身勝手な一人の女性のせいで男手一つで子どもを育てなければならなかった父の苦労を思った。急に湧き上がった母への憤りはいまでも消えることがない。わたしは母のようにはなりたくない。

わたしと達治は雨の日曜日に出会った。友人たちは「映画みたいだよね」とからかう。東京に急に大雨が降った夏の昼すぎ、中目黒駅の高架下の横断歩道の近くでそろって雨宿りをしていた。二人とも傘を持っていなかった。雨はやまないどころか、どんどん激しさを増した。遠くで雷が鳴り、同じように高架下に逃げ込んでいた人の群れがざわついた。

わたしたちはお互いの足元に何度か視線をやった。同じフィンランドのブランドのスニーカーを履いていたからだ。わたしは薄いグレイにエメラルドグリーンのロゴマーク、向こうはカーキ色にマリーゴールド色のロゴマークのシューズだった。めったに見ないスニーカーを自分と同様にえり抜いた人がいる。両方が相手の存在を急に意識し出した。何度か目が合って、「同じブランドのスニーカーですよね？」と話しかけられた。わたしはうなずき、「その色合いも素敵ですね」と答えた。自然な流れでなぜフィンランドのスニーカーに興味を持ったのかを教え合うと、「立ち話もなんですから、雨がやむまでそこのカフェでお話をしませんか」と誘われた。

大急ぎで駆け込んだカフェでスニーカーの話題をきっかけにとりとめもない話をしたあとに連絡先を交換した。雨はあがっていなかった。わたしたちはそれぞれの買い物の予定をとりやめて、コンビニで傘を買って自分の家に帰ることにした。その日のうちに「また会いたいです」とメールがきた。

それから何度か会い、交際が始まった。そこから先はおおよその恋愛と同じだ。ただ、たいていの恋人たちに別れが訪れるのとは違い、わたしたちは結婚という道を選んだ。付き合って二年ほどで、達治からプロポーズされた。達治は「早くお父さんにもなりたいんだ」と強調した。

コーヒーの最後のひと口を飲むと、鳩時計が十二回鳴いた。結婚したばかりのころ、達治が「音で時間がわかるから便利だ」と言って買ったものだ。余計な装飾はなく、無垢材の素朴さを生かした家の形をしたデザインはわたしも気に入っていた。けれども、子どもがなかなかできない事実を突きつけられてからは、一時間ごとの鳴き声がわずらわしく感じるようになった。制限時間がじりじりと迫っているような感覚がある。

達治はまだ帰ってきていない。終電には間に合わないだろう。夜深くにタクシーで帰宅してくる日も少なくない。正直に言って、わたしは今日も達治に会いたくなかった。早く帰ってこない達治もそうなのだと思う。不完全なわたしにけちをつけるわけにもいかず、けれども現実をしなやかに受け止められていないはずだ。最近はいつも「でも、やっぱり早く子どもが欲しいよな」という言葉が重くのしかかかってくる。そのたびにわたしは胸が苦しくなる。遠回しに自分の欠陥を罵《ののし》られているような気分になる。

七年前に結婚してから、わたしたちはなかなか子宝に恵まれなかった。病院で調べてみると、わたしに原因があることがわかった。卵巣機能が低く、排卵が滑らかに行われていないのだという。診察室を出たとき、事実を知った達治が小さなため息をつくのをわたしは聞き逃さなかった。大きな風船から空気が抜けるような映像が思い浮かび、「一緒にがんばって治療しよう」という言葉が空々しく聞こえた。

帰りの車のなかで、ラジオからアル・グリーンの「レッツ・ステイ・トゥゲザー」が流れてきた。わたしはハンドルを握る達治のほうは見ず、大学生のときに一度だけ夜を過ごした友人がこの曲が好きだったことを思い出していた。友だちとして彼の家に行くと、よくこの歌を聴いていた。イギリスで高校時代を過ごした恋人から教わったのだという。彼がその恋人と別れて悲しみに打ちひしがれているとき、わたしはわたし自身を差し出すことしかできなかった。

排卵誘発薬を飲み、カレンダーを二人で見て体を合わせ、定期的に病院に通う日々は苦痛でしかない。五年をかけて、自分の体ができそこないのような徒労感が強まってきた。自分には何かが決定的に欠けていると感じると、役立たずのホームベーカリーにでもなったような無力感に襲われる。達治の両親には何も知らせていない。だから、ことあるごとに「早く孫の顔が見たい」と重圧をかけられる。達治の母親はわたしの顔を見るたびに「女は子どもを産んでこそ一人前になるのよ」と言ってくる。わたしだって本当は子どもが欲しい。母親にだってなりたい。でも、わたしの体がそうなることを拒み続けている。

達治はわたしを責めたりはしない。不妊治療を続け、やはり妊娠していないことがわかるたびに「気にしなくていいよ」と言ってくれる。けれども、わたしはあのときのため息を忘れられない。薄っぺらい優しさに感じ、達治との距離はじりじりと開いてきた。

明日の夕方に台風がやってくる。わたしは煙草を吸うためにベランダに出た。達治はわたしが煙草を吸い始めたことを知らない。秋の嵐の前触れがほおをなでる。生ぬるい空気が体にまとわりついてくる。風のせいでなかなかライターの火が点かない。真っ暗な夜空に穴を開けたみたいに丸い月が浮かんでいる。鳩時計が一度だけ鳴いた。

思わぬ告白

もう二度と戻らないと決めていた島に、賢司《けんじ》は向かっている。九〇〇円の運賃を支払う前からずっと気が重い。財布から小銭を取り出そうとしてもたついた。朝早い時間だからか小ぶりの定期船の乗客はまばらで、穏やかな波に揺られながら進んでいく。

十二年前の春を思い出す。高校を卒業してすぐ、父と母と朝の定期便で文字どおり島から逃げ出した。海風に吹かれながら父も母も安堵した表情を浮かべていた。東京での新しい生活が始まる。後ろは振り返らなかった。帰ることのできない理由が、賢司たちにはあった。

地図で見ると擦りむいたひざのかさぶたのように見える離島に、十一年ぶりに足を踏み入れる。できるだけ人に会いたくなかった。どんな顔をして帰ってきたのだと冷ややかな視線を浴びせられるだろう。包帯のように伸びた船着場が見えると、後悔の思いがますます強まった。

「よう帰ってきたねえ」

葬儀に参列するような足取りで汽船を降りた賢司を出迎えたのは、同じ年で幼なじみの亜美《あみ》だ。笑顔を見せる亜美のその言葉が皮肉なのか歓迎なのか、賢司ははかりかねていた。夏の名残りの朝日が古びれた白い自転車で迎えに来てくれた亜美の背後に浮かんでいる。暑さのせいなのか緊張のせいなのか、賢司のひたいは一気に汗ばんだ。

一カ月ほど前、営業先の会社を出てすぐ見知らぬ番号から電話がかかってきた。相手は亜美だった。どこで電話番号を手に入れたのかはわからない。最初に「もしもし」と言う声を聞いたとき、どういうわけかすぐに亜美だとわかった。久しぶりに話をした亜美は、あいさつもそこそこに島に帰って来ないかと誘ってきた。小学校の六年間をお世話になった大滝《おおたき》先生が末期の乳がんでもう先が長くないのだという。「ほんで、大滝先生が賢ちゃんに会いたいって言うとるんよ」と亜美は伝えてきた。賢司は帰るつもりはなかった。帰りたくなかった。けれども、大滝先生には恩を感じていた。迷ったあげく、日帰りで島を訪れることに決めた。

船着場に立つ賢司は何を話していいのかわからない。胸のポケットからつぶれた煙草の箱を取り出し、火を点けた。亜美は「お帰りなさい」と続け、真っ赤なマニキュアを塗った手で同じように煙草をくわえ、賢司の右手からライターをかすめ取った。左ほおの大きなほくろを見て、懐かしさが込み上げる。幼いころ、星のようにも見えるほくろを何人かにからかわれた亜美は泣くどころか、「このほくろはあたしのチャームポイントやけん。ほっといてや」と突き返した。時折見せる亜美の気の強さが、賢司は嫌いではなかった。

亜美は穏やかな笑みで黙ったまま自分を見つめている。賢司はひたいの汗を格子模様のハンカチで拭う。言葉が出ない。足が動かない。自分にはこの島の土を踏む権利はない。もう二度と戻らない、という決意は正しくない。もう二度と戻れない、という窮地に追い詰められたのが真実だ。

賢司が高校三年生のときの年末、深夜に平屋の自宅が火事になった。父の煙草の不始末が原因だった。「火事や！　逃げろ！」と父が叫んだ。受験勉強中だった賢司は寝ていた母を慌てて起こし、急いで消防署に電話をかけ、駆け足で家を出た。三人で並んで立ち尽くし、瞬く間に広がっていく炎を呆然と見ていた。家がみるみる燃えていく。父はひざから崩れ落ちた。丹前を羽織った母はぶるぶると震えていた。

島に一台しかない消防車が到着したときは、もう手遅れだった。賢司の家と隣の二軒が全焼した。集落一帯にも部分焼けの迷惑をかけ、賢司の一家は爪はじきに遭った。町役場で働き周りから尊敬されていた父は一転、非難の対象になり、賢司は隣に住んでいた一つ年上の正人《まさと》に顔を殴られた。

家を失い、父の弟の家に間借りした賢司たちは面と向かって文句を言われ続けた。叔父の家族まで嫌がらせを受けた。漁師の叔父は自前の船を壊され、それでも父を責めず、代わりに朝から酒を浴びるように飲んだ。母は毎日のように泣いていた。高校に行く際に乗る船では誰も賢司の近くに座らなかった。賢司は気を紛らわせるため、スマートフォンに差したイヤフォンで耳をふさぎ、スマッシング・パンプキンズの「トゥデイ」という曲を大音量で毎日聴いた。少し気だるいアメリカ産のロックンロールは、数年前、大学進学を機に東京に出ていった従兄弟の一郎《いちろう》から教えてもらっていた。

賢司たちは限界からほとんど落ちかけていた。周りからはあけすけに一家心中を迫られている。嫌がらせの手紙がポストに投げ込まれ続け、家の壁には心ない言葉がペンキで書き入れられた。こんな暮らしをずっと続けられるはずがない。家族全員がうつむいたままの日々を送っていると、ある晩、役場から帰り酒をあおっていた父が「賢司の大学進学と一緒に島を出るけえ」とつぶやいた。賢司もそれが唯一の正解だと感じた。

幸い賢司は第一志望の大学に合格し、家族そろって東京に出て、母の弟の協力を得て大田区に住まいを見つけた。逃げた先で隠れる必要も怯える心配もない生活が始まった。生まれ育った島のことはもう忘れてしまおうと思った。

賢司よりもはるかに聡明だった亜美は受験勉強に励んでいた年末――賢司の家が火事になった数日後だ――子どもを宿していることがわかり大学進学を断念した。父親は二人の幼友だちの渡《わたる》だという。渡もまた賢司より頭が切れたが、法学部に進む夢を諦め、漁業と控えめな観光業でなんとか成り立つ島に残らざるを得なかった。二人は高校卒業とほとんど同時に結婚し、亜美の実家が営む民宿を手伝いながら、渡は漁師として働くことになった。

理由はどうであれ、自分だけ島を離れて新しい生活を始めたことに、賢司はかすかなやましさを感じていた。自分より思慮深い二人こそ小さな世界から飛び出してもっと充実した人生を送るべきだとも思っていた。実のところ、自分も高校二年生のころから亜美と何度か体を重ねていて、島を去ってからもずっとあるいはという不安を捨てきれずにいた。亜美との関係は永遠に二人きりの秘密だ。渡との結婚話が進むなか二人は深夜に島の遊歩道の端にある東屋《あずまや》で落ち合い、お互いに墓場まで持っていこうと約束した。

海岸沿いの道路で自転車を引く亜美に賢司が「渡は元気なのかい?」と訊くと、しばらく黙ったあと、亜美は「もう両方の目が見えないんじゃ。ずいぶん前に漁の最中に事故に遭うてね」と抑揚のない声で話した。亜美は渡が鍼灸師《しんきゅうし》として働いているのだと続け、「意外と人気があるんよ。漁師は体を使うじゃろ?」と小さく笑った。

賢司はなんと答えていいかわからず口をつぐんだ。話を変えようにも十一年ぶりの再会だし、現在進行形の共通の話題が見つからない。気まずい沈黙が訪れる。波の音が大きくなったように感じた。ぎこちない静寂を破るように亜美が再び口を開いた。

「東京の生活はどうなん?」

「こことは違うよ」

「お店もいっぱいあるし、人もたくさんおるもんね」

「東京に来たことは?」

「高校の修学旅行で行ったっきりや。また行ってみたいけど、渡があれやからねえ」

「そうか……観光客は増えた?」

「何年か前にドラマのロケ地で使われたから、そのときは少し増えたかもしれん。でも、何もない島じゃからね」

「島を出ていく若い子たちが多い？」

「大阪やら名古屋やらに行ってそのまま結婚して戻ってこん子が多いねえ。賢ちゃん、結婚は？」

「しとらん。ずっと独り身じゃ」

「賢ちゃん、優しいからすぐにいい人が見つかりそうじゃけど。いいお父さんになりそうじゃ」

賢司は思わず地元の言葉を口にした自分に驚いた。並んで歩く二人を、通りの向こうにだらしなく並べた椅子に座る三人の老夫が眺めている。賢司は気づかれないように海のほうを向いた。老人の一人が「亜美、そん人は誰や」と声をかけてきた。賢司の体は張り詰め、脇の下から汗がどっと流れ出した。亜美は「大滝先生の親戚の人よ。お見舞いに来たんや」と堂々と嘘をついた。

しばらくして賢司は「ありがとう」と言った。亜美は「ええんよ。賢ちゃんってばれたら面倒なことになる」と答えた。あの火事で亜美の家族は直接の害を受けたわけではない。賢司は亜美があのころの自分をどう見ていたのか知りたくなったが、「面倒なことになる」という言葉が頭をよぎり何も聞かなかった。

二人は坂道の上にある大滝先生の家に着いた。畳の部屋の布団に横たわる先生は息をのむほどにやせ細っていた。活力的だった女性教師の面影はどこにもない。一緒に住み、面倒を見ている先生の弟夫婦は気を使って部屋を出ていった。先生は「久しぶりやねえ」と声を絞り出し、続けた。

「賢ちゃん、あんたは何も悪くないんよ。運が悪かっただけじゃ。胸を張って生きていきんさい。先生はそれをずっと言いたかったんよ」

火事のあと島のなかで八方塞がりになった賢司に唯一手を差し伸べてくれたのが大滝先生だった。周りの目を気にせず時折叔父の家を訪ねてくれ、何気ない話をしていった。夕食後に来て受験勉強を手伝ってくれた日もある。大滝先生は結婚していなかった。理科の授業中、「先生は子どもが産めない体じゃけん、みんなが先生の子どもじゃ」と言っていたのを思い出した。

大滝先生は小さな声で二人に小学校時代の思い出話をした。先生の家では一時間ほど過ごした。横になったまま「これが最後じゃね」と涙をこぼした大滝先生はそのあと、小学三年生のころ、賢司と亜美と渡が遊んでいるときに墓石をいくつか倒した事件を懐かしそうに話した。賢司は最後に大滝先生の手を両手で包み込み、生気のない感覚に胸が苦しくなった。

賢司は坂道を下り、もう二度とこの島には戻ってこないだろうと思いながら船寄せ場に向かう。自転車を押す亜美が少し前を歩いている。道すがら会った丸刈りの少年に亜美が「テーブルの上におにぎりがあるけ、野球の練習に行く前に食べんさい」と声をかけ、「うちの息子なんよ。いま小学六年生じゃ」と紹介してきた。少年はうなずくだけのあいさつをして去っていった。

長い沈黙を挟み、亜美は前を向いたまま賢司に打ち明ける。

「あの子、たぶん賢ちゃんの子じゃ。耳たぶがよう似とる。声もあのころの賢ちゃんにそっくりよ」

思わぬ告白に賢司はうろたえた。そうであれば、あのとき亜美はなぜ渡の子どもができたと言ったのだろう。体じゅうからどっと汗が吹き出す。暑さのせいではない。賢司は何も答えず歩き続けた。亜美ももう何も言わなかった。

船着場に着くと、一人の男が紫色の折りたたみ椅子に深く腰かけ、海に釣り竿を垂らしている。渡だ。不意に振り返り、見えない目で射抜くような視線を賢司の目に向けてきた。脳がぐらりと揺れる。自分を震わすのが波の音なのか耳鳴りなのかわからないまま賢司は立ち尽くす。目を逸らすことができない。一羽のかもめが太陽を横切った。

ロンドン・コーリング

二〇〇九年の秋、もうすぐ二十歳になろうとしていた僕はロンドン行きの飛行機に乗っていた。初めての海外旅行で、少し緊張していた。右隣にはティファニーブルーのワンピースを着た女性が座っていた。僕よりも十歳くらい年上のように思えた。軽くウェーブした髪が肩の下まで伸び、柑橘系の香水の匂いがする。熱心に村上春樹の『１Ｑ８４』を読んでいた。カバーに描かれた緑色の「Ｑ」のデザインが魚のように見えた。その女性はキャビンアテンダントが飲み物を尋ねるたび、トマトジュースを頼んだ。

ヒースロー空港に着いたのは十九時すぎだ。一カ月ほど前にインターネットで予約していたアールズコートという街のユースホステルに向かった。地下鉄の列車には僕と同じような旅行者がたくさんいた。僕はこの旅のために買ったカリマーのオリーブ色のバックパックを床に置き、窓の外の風景を見ていた。寂れた家々が目に飛び込んできて、外国に来たのだと実感した。

ユースホステルにチェックインして荷物をドミトリーのロッカーに入れたあと、小腹を満たそうと外に出た。駅の近くにいかにもイギリス的なパブを見つけ、思いきって入ってみた。「オール・ザット・ルーズ」という名のその店では、地元で暮らしているだろう数人がこちらを見てきた。少し緊張した。外国で英語を話すのはこれが初めてだ。ロンドンプライドというビールとフィッシュ・アンド・チップスを無事に注文できてほっとした。どちらも生まれて初めて口にするもので、しかも店内でクラッシュの「ロンドン・コーリング」という曲が鳴り響いたから気持ちが浮わついた。

食後、腹ごなしも兼ねて一時間ほどあたりを散策した。思いつくまま歩いていると、グロスター・ロード駅にたどり着いた。ビクトリア様式の高級そうなホテルから飛行機で隣に座っていた女性が出てきた。マーティン・フリーマンに似た純情な容貌の男性と手をつないでいる。飛行機のなかではわからなかったけれど、その女性のお腹はふくよかな曲線を描いていて、妊娠しているのだと気づいた。その女性はこちらを見て軽く会釈をした。僕も少しうなずいた。

二十二時ごろにユースホステルに戻った僕は雑にシャワーを浴び、二段ベッドの上に横になった。安っぽい毛布をかけても、興奮のせいなのか、時差ぼけのせいなのか、なかなか眠れない。何度もぎこちない寝返りを打った。四人部屋のドミトリーで重なる寝息が耳障りだった。

遠くで犬の鳴き声が聞こえた。羊の数を数え始めては別れたての彼女の笑顔を思い出し、また羊の数を数え始めては別れたての彼女の笑い声を懐かしんだ。

初の海外旅行は傷心旅行でもあった。神さまが海水から塩をつくる方法を教えたという伝説が残る日本海側の村から東京の大学に進学した僕は、同じ経営学部の彼女に一瞬で恋に落ちた。あけすけに好意を伝え、ほどなく恋人同士になることができた。

でも一年が過ぎ、夏が始まる前に別れを切り出された。ほかに好きな人ができたのだという。僕は粘ったけれど、彼女の意志は固かった。あまつさえ、「もう好きって気持ちがなくなったの。一緒にいても楽しくないのよ」と最終通告を突きつけられた。僕は憂さ晴らしのために、ラークという銘柄の煙草を吸うようになった。交通誘導警備のアルバイトで得たお金を貯めて、失恋した現実から逃れるようにイギリスを訪れることに決めた。

まだ眠ることができない。寝ていないのに、初めての外国で不慣れなドミトリーにいるからか、夢のなかにいるような感覚になる。彼女と一度だけ行った花火大会を思い出していた。河川敷に立ったまま、次々と打ち上がる花火を見た。彼女は赤い花柄の浴衣姿で、いつもとは違う雰囲気に僕は見とれていた。花火が一瞬やんだとき、彼女はそっと僕の左手を握ってきた。そして「今度一緒に線香花火をしよう」と言ってきたけれど、結局その約束は果たされることはなかった。

どうにも未練がましい。気を紛らわせたくなった僕は、ヒースロー空港からの電車の窓越しに見た夕日を思い浮かべた。正真正銘の真っ赤な太陽が沈みかけていた。異世界に迷い込んだような気分になって、急に不安が募った。

向かいに座るみずみずしい黒人のカップルが、祝福するように妊娠した友人夫婦の話をしていた。「ｐｒｅｇｎａｎｔ」という言葉に神聖な響きが込められているように聞こえた。ロンドンに到着してすぐ命の誕生の喜びにふれた僕に、現実逃避と英語の腕試しという以外、特に大きな目的はなかった。自分の英語を思いきり試してみたいと思っていたから、旅行の行程はまったく考えていなかった。

僕はまだ何者でもない大学二年生だった。何者かになりたくて、経営学部だというのに誰よりも熱心に英語のオーラルコミュニケーションの講義に参加した。英語ができれば世界が広がる気がしたし、モリソン先生に「Ｙｏｕｒ Ｅｎｇｌｉｓｈ ｉｓ ｒｅａｌｌｙ ｉｍｐｒｅｓｓｉｖｅ！」と褒められるのは感動的にうれしかった。

数えきれないほど寝返りを打っても眠れない僕は、毛布からそっと抜け出し、静かに大部屋のドアを開けた。そのユースホステルには一階の受付の横に共有スペースがあった。テレビでも観て気を紛らわせようと思った。時計の針は一時十五分を指していた。一月十五日は父の命日だった。三年前の冬の朝、父はくも膜下出血で倒れ、そのまま帰らぬ人となった。

ダブリン的な緑色のソファに座り、テレビをつけた。何度かチャンネルを変えていると、オアシスのミュージックビデオに行き着いた。デビューアルバム『ディフィニトリー・メイビー』に収められている「ロックンロールスター」だ。手を後ろに組むおなじみの立ち姿で、リアム・ギャラガーが「今夜、俺はロックンロールスターだ」と歌い上げる。

「愛してくれよ」でもなく「俺たちはゴミ箱に捨てられた花さ」でもなく「憧れられたい」でもない。まっすぐに「俺はロックンロールスターだ」と言い放つ力強さをなんとはなしに見ていた。そう言えば、オアシスは解散状態に追い込まれたばかりだった気がする。一カ月ほど前、兄弟喧嘩を理由にソングライターのノエルが脱退したというネットニュースを見た。

「眠れないのかい?」

部屋の入り口に男が立っていた。僕が振り返って肩をすくめると、その男は「ボビー」だと名乗った。スコットランドのキルマーノックという街から職探しでロンドンにやってきたのだという。赤いアノラックはよれていて、肩まで伸びた髪はラクダみたいな色をしていた。肌は病人みたいに青白く、そばかすが両目の下に星のように散らばっている。細身で上背がある。左手に持っているのはおそらくカールスバーグの缶ビールだ。

「どこから来たんだい?」

「日本。東京からだよ」

「それはクールだ。トーキョー、一度は行ってみたいな。テレビで観たことがあるけれど、未来みたいな街だ。で、イングランドには何をしに?」

「まあ、観光だね。今日着いたばかりなんだ。行き当たりばったりの旅行になると思う」

「それこそ旅行の醍醐味だ。スコットランドにも行ってみてほしいな」

「そうだね。グラスゴーかエジンバラには行ってみたいと思っている」

「スコットランドの田舎を体験したいならキルマーノックもお勧めだ。グラスゴーから近いし、自然が豊かな場所だからのんびり過ごせる」

「グラスゴーから日帰りはできる?」

「電車で片道五十分くらいだ。トラッシュキャン・シナトラズというバンドはキルマーノックの出身だよ。たまにメンバーとパブで会うこともある」

「トラッシュキャン・シナトラズなら『ケーキ』ってアルバムが好きだな」

「いいね。明日の予定は?」

「まだ決めていないよ。正直に言うと、どこに行けばいいのかわからない」

テレビではリアムが「ハロー」を歌い出した。解散したてのオアシスの特集番組なのだろう。人生なんて気晴らしのゲームなんだって、誰も思い出せないみたいだ——リアムががなると、二人のあいだにささやかな沈黙が流れた。

それから僕たちはソファに隣同士に座り、一時間ほど話をした。ボビーが大学で建築を学んでいたこと、大学卒業後はグラスゴーのデザイン事務所で働いていたこと、シモーヌという恋人とは婚約していること、僕は彼女と別れたばかりのこと、イングランドのフットボール選手ではジェイムズ・ミルナーが好きなこと、今日生まれて初めてフィッシュ・アンド・チップスを食べたこと。僕はときどき、ボビーのくたびれたジーンズの右ひざの穴に目をやった。なんだかグレートブリテン島みたいな形をしているように見えた。

「僕が眠れないのは」とボビーが抜き打ち的に切り出した。

「生まれなかった妹のことを考えてしまうからなんだ。正直に言うと、僕が殺したんだと思っている」

滑らかに話された「ｋｉｌｌｅｄ」という言葉に面食らった。重苦しい感じがして、何も言えなかった。ボビーの顔も、ジーンズの穴も見ることができず、テレビから流れる「ドント・ゴー・アウェイ」に集中した。一瞬、喪服に身を包んだ人たちが見えた。

ボビーは話を続けた。

「僕が五歳のときの話だ。母さんが妊娠した。病院で調べてもらうと、女の子だとわかったって。うれしかったけれど、母さんを横取りされてしまうような気にもなった。そして何度か『生まれてこなくてもいいのに』と思ったんだ」

ボビーは少し黙ってから缶ビールをひと口飲み、まもなく母親が赤ん坊を流産したのだと話した。「ｍｉｓｃａｒｒｉａｇｅ」という単語を言い終えると、ボビーはひざの上で祈るように両手を組んだ。父親も母親も泣きに泣いてしばらくは立ち直れなかったという。そのあいだ、自分は見捨てられたような気分になったとも話した。なぜボビーが出会ったばかりの人間にこれほど重々しい話を打ち明けるのかわからなかった。ボビー少年が思ったことと現実に起こった痛ましい話は全く関係ないじゃないかと思ったけれど、何も言わなかった。

テレビでは「ホワットエバー」のストリングスが流れ始めた。俺はなんにだってなれるんだ、望むものにはなんにだって、その気になればブルースだって歌えるさ――。ボビーは「マスターピースだ」と褒め立ててビールの缶を部屋の奥にあるゴミ箱に投げ捨てた。空っぽの缶は綺麗な弧を描き、カランと音を立ててゴミ箱に飛び込んだ。ボビーは僕のほうを向いて左目でウインクをした。

僕は生まれてこなかったボビーの妹のことを考えながらうなずき、まだ何者でもない自分はなんにだってなれるし、つまりはなんにだってなれないのだと思った。

ボビーは「また会おう」と言って、僕がいるのに部屋の電気を消して出ていった。テレビでは「サム・マイト・セイ」が始まった。暗い部屋だから、白黒の映像がよく見えない。暗闇に一人残された僕は途方もない孤独を感じていた。世界から取り残され、出口がわからない迷路でもたついているような気分になった。遠くで犬の鳴き声が重なった。

金木犀の香りは悲しみ

あれから、深夜二時ごろに目覚める日が多くなった。早朝の急行列車が頭のなかを何度も通り過ぎる。

冷たい汗で背筋が冷える。「あれはひょっとしたらわたしだったのかもしれない」と思い、眠れない時間が続く。「なぜわたしじゃなかったのだろう」と考え、寝返りを繰り返す夜を重ねている。

大学生になってから、余計に寝つけない夜が増えた。あの痛ましい出来事からちょうど五年が過ぎた。いまと同じく、金木犀《きんもくせい》が切なく香る季節の事件だった。

わたしは母親の薦めもあって、私立の中高一貫校を受験した。五校に挑戦し、第二志望の女子校に合格した。セーラー服のえんじ色の三角タイがなかなか結べなかった入学式の日、最初のホームルームが始まる前にわたしの緊張を解きほぐしてくれたのが真理《まり》だった。同じクラスで、わたしの後ろの席に座っていた。

「肩に糸くずがついてるよ」

そう声をかけてそっと糸くずを取ってくれた真理に「ありがとう」と答えると、柔らかな笑みを浮かべた。くっきりとした二重まぶたと気持ちよくとがった鼻が印象的だ。さわやかなショートカットがよく似合う。わたしたちは住んでいる区と出身小学校を教え合った。ホームルームの自己紹介で真理が「演劇部に入ろうかと考えています」と言うのを聞いて、「気が合いそうだな」と思った。わたしも入学前から演劇部に興味があった。五年生のときも六年生のときも足を運んだ文化祭で、演劇部の熱演に心を揺さぶられていた。あんなふうに全身を使って何かを表現したいという気持ちがあった。

ホームルームのあと、右肩をとんとんと叩かれ、真理がまた言葉をかけてくれた。

「部活はどうするの?」

「まだ決めてないけど、わたしも演劇部に興味がある」

「じゃあさ、一緒に入ろうよ。わたしの友だちにも演劇部に入りたいって子がいるし」

「小学校でも演劇をやってたの?」

「うん。クラブ活動じゃないけど、学習発表会で三年連続で劇をやって、それがすごく楽しかったんだ」

「わたしはやったことがないんだけど……大丈夫かな?」

「大丈夫だよ。誰だって最初は初心者なんだし」

真理は廊下のほうを見て何か気づいたようで、「ちょっといい？」と誘われるまま教室を出ると、背が高く髪の長い女の子が立っていた。真理と同じ小学校の出身だという。真理は「この子が演劇部に入りたいって友だち」と言い、わたしを紹介してくれた。「わたしは奈々子《ななこ》。よろしくね」とあいさつをするすらりとした少女の肩越しに、校舎の周りに並ぶ桜が綺麗に見えた。新しい生活が始まるんだと胸が高鳴った。

わたしたちは一緒に演劇部に入った。奈々子と同じクラスで、同じ塾に通っていた真弓《まゆみ》と泰代《やすよ》も入部することになった。四月が終わるころ、わたしたちは五人組になった。休み時間に集まってとりとめのない話をして、月曜日と木曜日と金曜日の放課後には演劇部に向かった。一年生の部員はわたしたち五人だけ。主な活動場所は部室棟の屋上の一角で、広い空に向かって発声練習するのは文句なしに爽快だった。真理と奈々子を除く三人はいずれも演技の初心者だったから、最初は恥ずかしい気持ちもあった。けれども、いずれ自分ではない誰かになれる時間を楽しみにしていた。

さりげなく糸くずをつまみ取ってくれたように、真理は優しい子だった。利発で前向きで社交的で、すぐに五人組のリーダー的存在になった。どこか大人びた雰囲気は、七つ年上のお姉さんの影響だったのかもしれない。わたしたちの知らない演劇や小説、音楽についていろいろと教えてくれた。十三歳とは思えないほど思慮深く、教養もある真理にわたしたちはある種の敬意を払っていた。

演劇部には十月の文化祭で新入生だけで多目的ホールの舞台に上がる伝統があった。保護者を招待する恒例の行事だ。自主性を重んじる校風の影響から台本は自分たちで選び、役づくりも演技プランも自分たちで考える。大道具も小道具も自分たちでつくる。毎月二回、高等科の演劇部に在籍する先輩たちが演技指導をするしきたりもあった。

六月の終わり、台本を決めたのは真理だった。大学で英米文学を教えている父親の書斎から『蜜の味』という本を持ってきて、五十年ほど前にイギリスの十八歳の女の子が書いた戯曲だと説明した。真理が胸の前で見せてくれた本の表紙を飾っていたのは、不安げでいまにも泣き出しそうな少女の表情だった。黄色と錆びたような青色でデザインされた表紙の、少女の訴えかけるような両目に見つめられ、わたしは一瞬寒気がした。

真理は「登場人物は五人だし、ちょうどいいと思う」と話しながら、「でも、ちょっと長いんだよね」ともらした。先輩との最初の顔合わせで相談すると、眼鏡をかけ、ツインテールの高等科の二年生が「内容が少し大人っぽすぎる作品だよね」と話し、中学一年生でも演じられるように物語の一部を省き、四十分程度で終わるように台本に手を加えてくれると言った。

ティーンエイジャーになりたての少女向けに手直しされた台本をもとに、稽古が始まった。配役は五人で話し合って決めた。ストレッチと発声練習で始まる練習は月曜日と木曜日と金曜日の放課後以外にも行われた。奈々子が「せっかくだから完成度の高いものにしたいよね」と言い、顧問の坂本《さかもと》先生にお願いして土曜日の夕方に多目的ホールの舞台を使わせてもらうこともあった。

自然と演出めいた役割を担うようになった真理は、演劇になると普段とは別の顔を見せた。完璧主義の一面があったのだろう、うまく演じきれないわたしたちに時折きつい言葉を浴びせてきた。

特に目をつけられたのは真弓だ。どこか引っ込み思案な部分がある真弓の演技は、ひいき目に見てもこぢんまりとしていた。あるときなどは雨あがりの屋上で真理が真弓に「本気でやる気があるの⁉　ないならやめてほしいんだけど」と詰め寄った。隣で稽古に励む先輩たちも驚くほどの剣幕に真弓は大泣きし、練習が終わったあとほかの三人でずいぶん長いあいだ慰め続けた。しばらくして真理が近づいてきて「言いすぎたわ、ごめんね」と真弓に謝った。真弓は泣きやまず、遠くの空で雷が鳴ってまた雨が降り出した。

夏休みも練習を重ね、わたしたちの『蜜の味』は徐々に磨きがかかってきた。一度泣き腫らした真弓は目を見張るような成長を見せ、表現力豊かな芝居でストーリーを盛り立てた。夏休みのあいだ、わたしたちは衣装を決め、小道具もつくった。本番に向けて結束力が強まっていた。

ある日練習が終わり、みんなが帰りかけたとき、わたしは真理に呼び止められた。真理は「夏休みらしいことをしたいよね」と目を見つめ、二人で学校のプールで泳ごうと誘ってきた。もちろん、先生の立ち会いなしにプールに入ることは禁止されている。わたしが戸惑っていると、真理は「スリルがあって楽しそうじゃない？」といたずらそうに笑った。部室でこっそり水着に着替えたわたしたちはプールに忍び込み、水しぶきが上がらないように静かに水泳を楽しんだ。水のなかで目を見合わせて笑いをこらえ、それからそろって仰向けでプールにぷかぷかと浮いた。オレンジ色の光が柔らかく広がった空色をわたしは一生忘れない。真理は「二人だけの秘密だね」と言った。

猛特訓のかいあって、十月の初舞台で演じきった『蜜の味』は拍手喝采を浴びた。素直にうれしかったけれど、いま振り返ると、中学一年生が役を担うには重すぎるストーリーだった。当時もいまも、わたしは『蜜の味』を消化しきれていない。娼婦のヘレンとその娘のジョー。ヘレンの愛人のようなピーター。ジョーが恋に落ちる黒人水夫のボーイ。ボーイの子どもを妊娠したジョーを支えるゲイのジェフ。思い返すと、それぞれが孤独で疎外感に苦しんでいるような印象がある。なぜまだ十三歳になったばかりの真理がこの戯曲をわざわざ選んできたのかはわからない。

その日『蜜の味』を演じ終わったあとは、奈々子の提案で打ち上げをすることになっていた。奈々子のお姉さんが教えてくれた下北沢のカフェで、私たちはパンケーキとそれぞれ好きな飲み物を頼んだ。初舞台を終え、興奮が冷めやらないままの五人組はずいぶん騒がしかったと思う。

不意に真理がカフェに流れる荒っぽい音楽を指差して、「この曲知ってる。ニルヴァーナってバンドの『スメルズ・ライク・ティーン・スピリット』って曲だわ」と教えてくれた。大学生のお姉さんがよく聴いているのだという。「スメルズ・ライク・ティーン・スピリットってどういう意味?」と真弓が聞くと、「十代の魂みたいな匂いがする、って意味じゃない?」と泰代が答えた。奈々子は「十代の魂ってやっぱりこんなふうに荒々しくあるべきなのかな」とはずむように言った。正解がわからず、わたしたちはごまかすような笑みを浮かべた。真理だけは笑わず、「どうなのかな」とつぶやいて空っぽになったグラスをじっと見つめていた。

それから一年ほどたって、わたしたちは五人組から三人組になった。

ある月曜日の朝、二年生になって同じクラスになった真理と真弓が学校の近くの踏切をくぐって急行列車に飛び込んだ。その日の放課後に事実を知らされたわたしは頭が真っ白になり、目の前が真っ暗になった。金木犀の香るなか、夢遊病者のようにふらふらと帰宅した。先週の金曜日もいつもどおりに部活に出て、いつものように一緒に帰ったのに。来年の地区大会で何を演じるか五人で話し合ったばかりなのに――。

二人とも遺書を残したわけではなく、なぜともに命を絶つ選択をしたのかは誰にもわからない。真理と真弓のどちらが誘ったのかも、永遠にわからない。お互いに思い悩んでいる様子など見せていなかった。いや、かすかに発していた救いを求めるサインにわたしたちが気づかなかっただけかもしれない。真理と真弓の葬儀に参列したわたしたちは、二人とも生きることに対して何かしらの居心地の悪さを感じていたのだと考えるしかなかった。

新聞には目撃者の言葉として、二人は手をつないだまま飛び込んだと書いてあった。わたしたちは五人組で、ほとんど同じ空間でほとんど同じ時間を過ごしていた。同じ話題で笑い、同じ問題で心配し合った。わたしと真理は「二人だけの秘密」を抱えた仲だった。だからこそ、あの出来事を思い出すたび、「あれはひょっとしたらわたしだったのかもしれない」と心がねじれてくる。「なぜわたしじゃなかったのだろう」と胸がざらつく。わたしにとって、金木犀の香りは悲しみそのものだ。

マタニティのうずき

「順番が、逆じゃないか」と言う父の息継ぎの長さで怒っていることがわかった。わたしも、そう思っている。黙ったまま、正座した右足にしわくちゃに挟まったスカートを正した。父の目を見ることができない。父の隣からの視線は気に留めず、父の背後の壁をなんとはなしに眺めていると、小さな染みに気づいた。林檎みたいな形だなと思った。

わたしの隣に座る和弥《かずや》は「本当にすみません」と何度も頭を下げた。数日前「とにかく謝るしかないよな」と繰り返していた和弥は、わたしには謝っていない。父と会うのにうろたえているのはよくわかった。東京駅から二時間ほど北上する新幹線では口をつぐんだままだった。新幹線を降りてひと休みしようと寄った駅の近くの喫茶店では喫煙ブースにこもり、立て続けに煙草を吸っていた。スーツにネクタイの姿も、いつもとは違って張り詰めた感じがあった。

わたしは、うつむいたままの和弥に父が腹を立てているのも当然だと思っていた。二人が会うのはこの日が初めてで、父は見知らぬ男に予期せぬ報告を思いがけず知らされたのだ。子どもができたから結婚させてください――昭和生まれの昔かたぎの父が、あべこべの申し出をすんなりと受け入れるわけがない。寝耳に水の話に怒りをこらえようと奥歯を噛み締めているのだろう、両耳の下がひくついている。

わたしは三十一歳の誕生日を迎える前に妊娠した。晴天の霹靂《へきれき》というか、まさか自分が子どもを身籠るとは思わなかった。いま振り返っても、いつだったのか、見当がつかない。わたしはたまに経口避妊薬を飲んでいたし、和弥も念を入れてくれていた。

四年ほど前、高校の同級生の和弥と久しぶりに会ったのは、親友の智子《ともこ》の結婚式だった。高校時代に同じ美術部だったよしみで思い出話に花が咲き、連絡先を交換した。それから何度か食事や映画に出かけ、お互いの家を行き来し、わたしから言い出して恋人同士になった。高校二年生のとき、風邪で三日間休んだわたしにさりげなくノートを貸してくれた和弥の優しさがずっと心の片隅に残っていた。

やがて祐天寺にある和弥の２ＬＤＫのマンションで半同棲生活が始まった。それでも、二人とも結婚はまだ考えていなかった。お互いに仕事が充実していたからだ。夫か妻、あるいは父か母になる覚悟はできていなかった。

付き合い始めて三年ほど、二人ともそうならないように努めてきた。でも、わたしのお腹に命が宿った。生理が訪れず、微熱が続き、ひょっとしてと思い会社に午後休をもらって行った産婦人科でわかった。マッシュルームみたいな白髪の女医はぶっきらぼうに「おめでたですね」と言った。祝福されているようには思えなかった。そもそも、正直に言えばわたし自身もうれしくなかったし、頭が混乱した。

最初に教えたとき、和弥は言葉を失い気が動転している様子だったけれど、少し時間をあけて「いずれ結婚しようと思っていたし、神さまからの授かりものだしな」と笑った。わたしは腹が立った。結婚という二文字はいままで一度も二人のあいだに出てこなかったし、「神さまからの授かりもの」だなんてずいぶんと無責任な言葉じゃないかと思った。産まないという選択肢だってある。わたしの苛立ちを感じたのか、和弥は煙草を吸いにベランダに出ていった。

わたし自身、母親になる想像がまるでできなかった。拒否していたと言ってもいいかもしれない。わたしを産んだ母は、中学校に入学する娘の姿を見ることなくわたしたちの前から去っていった。わたしが小学六年生になる直前、父と母は離婚した。わたしにとって「母親」は嫌悪の対象になっていた。

わたしは母と最後に話した場面をはっきりと覚えている。忘れられるわけがない。西日が差す台所で「明日、家庭科の授業でエプロンをつくるんだ」と話すと、母は「そうなの？　お料理するのが楽しみになるわね」と答えた。それからわたしの顔を見ずに「お母さん、ちょっと買い物に出かけてくる」と言って、そのまま帰ってこなかった。二日たっても三日たっても、何日たっても、母は戻ってこなかった。

わたしは見捨てられたみじめさで胸が詰まった。同時に、母を恨んだ。数カ月後、出来合いのものが並んだ夕食のあと、父に「父さんと母さんは離婚することになった」と告げられた。父は母からほかに好きな人ができたのだと打ち明けられた。母は定期的にわたしの顔を見たいと希望したようだけれど、わたしはほかの家族になった人と会うのを拒んだ。父と二人の生活が始まったわたしは小学六年生の春、東京をめぐる修学旅行をまるで楽しめなかった。

「順番が、逆じゃないか」と話した父の隣に座っているのは継母《ままはは》だ。父は男手一つで一人娘を育てるのに疲れたのか、わたしが高校生になるのと同時に再婚した。職場の部下だった。別に戸惑うことはなかったけれど、「お母さん」とは呼べなかった。向こうも同じなのだろう、いまもわたしの名前には「さん」がついてくる。わたしたちの問題について途中から家族になった継母に正解がわかるはずもなく、父の横で肩を丸めたままひと言も発しない。

和弥は継母が入れたお茶をひと口飲んで、「必ず幸せにしますから」と父に告げた。二人が向かい合ってから一時間以上がたっていた。父の両耳の下はまだ鼓動に呼応するように動いていた。それでも、父は折れた。「生まれてくる子どもに罪はないからな。二人で協力していい家庭をつくりなさい」と言った。和弥は緊張の糸がゆるんだように涙を浮かべて「ありがとうございます」と答えた。わたしは和弥がそんなにわたしと結婚したいなんて、あるいは父親になりたいなんて知らなかった。

父からの了承を得たわたしたちは結婚した。父の言うとおり順番が逆だったから、大急ぎでこぢんまりとした結婚式を済ませて、夫婦になった。結婚式に親類は呼ばなかった。美しく言えば「授かり婚」というものが、世間体と常識を重んじる父にとってはばつが悪い決定だったのだ。

結婚式には両手で数えられるほどのお互いの友人を呼び、ささやかに祝ってもらった。和弥に左手を支えられ、S字型のウェーブの結婚指輪を薬指にはめられているとき、わたしは本当の母のことを思い出していた。わたしを残して去ったあの日、母はなぜわたしの大好物のコロッケを大量につくり置きしていったのだろう。わたしが和弥に指輪をつけると、拍手が鳴った。わたしには焚き火の薪がはじける音のように聞こえた。

新婚生活は祐天寺の2LDKのマンションで始まった。変わったのはわたしの体に宿る命だけだったけれど、なかなか受け入れられない一大事だった。日に日に体が重くなり、自分でも性格がきつくなっていくのがわかった。ふとした出来事で和弥にあたりたくなり、必死に自分を抑えた。大手のコンサルティング会社に勤める和弥に定時で家に戻ってくる様子はなく、ほろ酔いで深夜に帰宅する日もあった。わたしを一人にしておく仕打ちに神経を逆撫でされた。自分が変わっていく毎日が息苦しいのに、和弥は事あるごとに「神さまからの授かりものだからな」と繰り返した。

「神さまからの授かりものだから」と強調する和弥の提案で、わたしたちは男の子か女の子か担当医に聞かないことにした。何者かわからない命によってお腹がじわじわと大きくなり、徐々につわりがひどくなっていった。特に歯磨き粉の匂いが耐えられなかった。毎朝毎晩、歯を磨こうとすると吐き気がした。実際に戻す日もあった。和弥は「大丈夫か？」と言うだけだった。歯を磨きたくなくて、食事をしたくなくなった。

妊娠がわかる前、わたしの仕事は順調だった。なんとなく興味を持って入学した理工学部の建築学科を卒業したあとに大手のハウスメーカーに就職し、設計士として無数の声に耳を傾け、いくつもの図面を書いた。「結婚するから」「二人目の子どもが生まれるから」「毎日帰るのが楽しみな家にしたい」「いずれ両親と暮らせる住まいにしたい」。わたしにとって、新しい家の図面を引く時間は未来をつくる行為に等しかった。終電に揺られる日も多かったけれど、それぞれの家庭の新しい歴史に携われる仕事は心の底から楽しかった。誰かの人生の変化にありったけの力で手を貸す役目に大きなやりがいを感じていた。

秋晴れが続くころ、わたしは産休に入った。つわりによる吐き気がひどく、眠れない夜も少なくなかった。ある晩、わたしが横になったままえずいていると、眠りをじゃまされた和弥が背中越しに何度か舌打ちをした。なかなか火が点かないマッチを擦っている音のように聞こえた。

マンションが自分の居場所になったわたしは一人でいる時間を持て余した。化粧をする必要もないし、洋服に気を配らなくてもいい。歯磨き粉の匂いで胃が裏返りそうになるのが一日の始まりで、そのあと二人分の洗濯物を風呂干しするのが日課だった。スマートフォンで音楽を流しながら、シャツやパンツのしわを伸ばしてハンガーにかけていく。陽の当たらない一階の風呂場がときどき、地下牢のように感じられた。

産休が始まって二週間ほどたって、口内炎ができた。下唇の内側、左のほうがずきずきと痛んだ。

だから、食事も歯磨きもしたくなくなった。朝いちばんに洗濯物を干し、夕方にたたむ毎日が続いた。

ある夜、父から突然電話があり、「具合はどうだ？」と聞かれた。わたしは口内炎が痛くて、おぼつかない相槌を打って電話を切った。余計な心配がわずらわしかった。

次の朝、風呂場で洗濯物を干していると、スマートフォンの音楽アプリからアレサ・フランクリンの「アイ・セイ・ア・リトル・プレイヤー」が流れてきた。大学時代の恋人に教えてもらった曲だ。大好きなはずなのに、どういうわけか「小さな祈り」という曲が耳障りだった。アレサが「ずっと、これからも」と歌うたびに、口内炎がうずく。痛くて痛くて仕方がないのに、濡れた下着やシャツをハンガーにかけながらわたしは舌で傷をつつく。昨日の夜、思わずやらかした深爪も痛んだ。不意にお腹を内側から蹴られ、「ああ、わたしはもうすぐ母親になるんだ」と思った。口内炎も深爪も、ひりついた。

ホワイトアルバム

上の鍵は難なく開いた。だが、下の鍵穴に鍵を差して右に回そうとしても回らない。おそらく、木枯らしでかじかんだ手のせいではない。最近、こんなふうに玄関を開けられない日々が続く。鍵穴のせいなのか、鍵のせいなのか、とにかく解錠できない。腰をかがめたまま何度が試したものの、うまくいかない。首に巻いたコンクリート色のマフラーがわずらわしく感じる。

誠《まこと》は小さく息を吐いてインターホンを鳴らした。スピーカー越しに「はあい」という美奈子《みなこ》の声が聞こえてきた。「ごめん、今日も鍵が開かないんだ」と伝えてしばらく待っていると、中学受験を目前に控え、塾から帰ってきたばかりだろう凌《りょう》が階段を下りてきて鍵を開けてくれた。「ただいま」と言おうとする前に、凌は二階に戻っていってしまった。

先月買ったばかりの靴を三和土《たたき》で脱ぐと、右足の小指側に小さな傷がついているのに気づいた。「ついてないな」と思いながら、誠は仕事を後回しにしてまとめてこなす自分の癖を省みた。繊維を主に扱う小さな商社に就職してからずいぶんたつが、仕事をため込む悪い習慣はずっと直らない。最近は出張も多いし、家族と過ごす時間が減った気がする。今日も三カ月分の経費精算書をつくるために残業をしてしまった。会社を出るのが十時近くになったのは、総合病院に勤める美奈子が今日は休みで家にいてくれる安心感のせいでもあった。

二階に上り、美奈子が去年の誕生日にプレゼントしてくれたカフェオレみたいな色のレザーバッグを床に置くと、パジャマ姿の聖子《せいこ》が「今日のママのしょうが焼きは最高だよ」と教えてくれた。小学三年生の聖子は保育園を卒園するタイミングでバレエを習い始め、ほとんど毎日へとへとになって眠りに落ちる。三階の子ども部屋まで行けず、二階のソファでとろりと眠ってしまうのがほとんど日課だ。美奈子は皿を洗いながら「今日は三階で寝てよ」と聖子に言いつけた。凌は「塾の宿題は明日の朝早く起きてやる」と話し、階段を上がっていった。聖子もあくびをしながらあとを追うように三階へと向かった。

二階には誠と美奈子の二人っきりになった。誠はネクタイを緩めながら四人がけのダイニングテーブルの一角に座った。ひじかけがあり座面と背のクッションがネイビーブルーの椅子が誠の席だ。三年前、思いきって新築戸建を買ったときに家具も一新した。「せっかくだから、みんな自分が好きな椅子にしない？」という美奈子のアイデアで、目黒通りにある家具屋で四人はそれぞれ好みのダイニングチェアを選んだ。誠の斜め前、シトラス色が包み込むようなラウンジチェアが美奈子の特等席だ。「レモンみたいで素敵じゃない？　わたし、これに決めた！」。誠は美奈子が誰よりも最初に自分専用の居場所を見つけたことを思い出していた。

聖子のお墨つきのしょうが焼きはべらぼうに美味く、誠はご飯をお代わりした。しょうが焼きは大学一年生のとき、美奈子が初めて浜田山の自分のアパートに泊まった日につくってくれた料理だ。それから二十年ほどたった今日、そもそも前菜として出してくれた苺とトマトとモッツァレラチーズのサラダが絶品で、ビールが進んだ。ひととおり食卓の用意をしてくれた美奈子はシトラス色の椅子に深く腰かけ、いたずらっぽい笑みを浮かべて「どう？　美味しいでしょ？」と言ってきた。誠は「もちろん。いつもありがとう」と答えた。

美奈子はそのあと、黙ったままだった。目の前に置いてあるコーヒーには手をつけない。伸びかけのショートボブの毛先を細かくひねっていた。床暖房のおかげで体が少しずつ温かくなってきた。壁時計を見ると、カタログのように二つの針は十時十分を指していた。「昔の小学校の時計みたいで可愛らしいわ」と美奈子が選んだ時計は、白地にありきたりな字体の黒い数字があしらわれている。レトロな感じが誠も気に入っている。

美奈子はまだ黙っている。ほおづえをついたまま、うつむいている。何かがいつもと違う。苔色のタートルネックのセーターの袖を繰り返し触っているのを見て、何か不安なことがあるのだと気づいた。美奈子は平常心でいられないとき、洋服の袖をもてあそぶ。

「聞いてほしい話があるの」と美奈子は誠の目を見て言った。じっと見つめてくる目に吸い込まれそうになる。美奈子は「泣かないでね」と柔らかな笑顔を浮かべた。

「背中に腫瘍が見つかったの。がんだって」

誠は最初、ほとんど聞き流した。冗談を言っているのだと思った。だが、美奈子が何度も左手で鼻の頭を触るのを見て、本当なのだとわかった。うろたえにうろたえた。顔が一瞬で青ざめた。頭のなかが真っ白になって、心がずしんと沈んだ。部屋の風景が急に色を失った。体がかっと熱くなって、顔から一気に汗が流れ落ちた。両手が震えているのが自分でもわかる。何も言ってあげられない自分を情けなく感じた。

美奈子とは小学三年生からの付き合いだ。東京からの転校生で、あか抜けた雰囲気にすぐに引かれた。初恋だった。肩まで伸びた髪は少し栗色がかっていて、文字どおりまぶしかった。バンビのようなくっきりした目にいつも吸い込まれそうになった。六年生まで同じクラスで、ずっと恋心を寄せていた。一度も気持ちは伝えなかったが、誰よりも見守っていた自信はある。左手の人差し指で鼻の頭をリズムよく触れる美奈子が、不安であることが反射的にわかった。

二人の子どもが寝てから話そうと決めていたのだという。そう言えば、何週間か前から背中に違和感があると話していた。最近、前に勤めていた病院に何度か通い診察を受け、今日、正式に告げられたのだと美奈子は言った。高校二年生のときに母親を、大学卒業直前に父親をがんで亡くした美奈子は、「人の命を助けたい」と言って法学部を出たあと看護学部に入り直し、看護師になっていた。だから、自分の置かれた状況をよく理解できているのかもしれない。「転移性の腫瘍だって」と言って、「でも適切な治療をすれば治るから」と話す声は、どこか弱々しかった。

誠は「うん」とだけ言った。ほかの言葉が見つからなかった。気を配ったひと言がすぐに出てこない。自分をあらためてみじめに感じた。美奈子も何も話さない。まだ鼻の先をつついている。誠の手はずっと震えている。

静寂のなか、時計の秒針が進む音だけが小さく聞こえる。誠は美奈子と再会した日の出来事を思い出していた。同じ中学校に通ったあと、二人は別々の高校に進学した。高校の三年間はお互いに連絡をとることもなく、疎遠になっていた。誠はたまに駅や通学の電車で美奈子を見かけたが、意識するあまり声をかける勇気が出なかった。まだ好きな気持ちがあった。

それから、陶器しか有名ではない町を離れ東京の大学に入学した直後の初夏、渋谷の書店で奇跡のように美奈子とばったり出くわした。お互いに顔を見合わせて驚いた。「元気？」と目を丸くした美奈子は誠が右手にぶら下げている大きな袋に興味を示してきた。誠が「ビートルズの『ホワイトアルバム』というレコードを買ったんだ」と言うと、「そうなの？　ビートルズ、私もしっかり聴いてみたいな」と優しく口角を上げた美奈子に誠は一瞬でまた引き寄せられた。

二人はしばらく立ったままお互いの近況を話した。ともに井の頭線沿いに住んでいることがわかったあと、誠は自分を奮い立たせて喫茶店に誘った。宮益坂にあるカフェでアイスコーヒーを飲みながら思い出話や別々の時間を過ごした高校時代の埋め合わせをしていると、美奈子のほうから「ねえ、電話番号を教えてよ。また会いたいから。ビートルズのそのアルバムも聴きたいし」と言ってきた。レコード屋のレシートの裏に電話番号を書くと、美奈子はさっそく次の日の夕方に電話をかけてきた。今度の日曜日に下北沢でランチをすることになった。

偶然の再会のあと何度か映画を観に出かけたり、古着屋をめぐったり、フリーマーケットをひやかしたりして距離を縮め、どちらかともなく付き合うようになった。『ホワイトアルバム』が二人のサウンドトラックになった。誠のアパートでは繰り返しビートルズがつくり込んだ二枚組のレコードが流れた。たいていの恋人のようにささいな事柄で言い争う場面もあったが、関係は続いた。付き合い始めてから七年後、美奈子から結婚を言い出してきた。誠は飛び立つ思いで受け入れた。初恋があざやかに実った。

あの再会がなければ自分たちは結婚していなかったかもしれないし、家族になっていなければ美奈子もいま、病に苦しんでいなかったかもしれない。誠はセーターの袖をいじくる美奈子を見つめながら、あったかもしれない現在を想像していた。加湿器の音が雨音のように聞こえていた。

誠はようやく「でも、いまは医療も進化してるから」と言葉を絞り出した。美奈子は「うん」とうなずいたあと、目をぱちぱちさせながら「わたしは大丈夫」と繰り返した。まばたきの連続は嘘をついている証拠だ。小学五年生のとき、運動会のリレーでカーブを曲がろうとして大胆に転んだ美奈子は「痛くないの？」とみんなに聞かれ、何度も目をしばたたかせ「痛くないよ」と言った。でも、本当は右手を骨折していた。

四半世紀も前の記憶がさらに誠を不安にさせる。誠は「もしも」を考えずにいられなかった。もしも母親が病室でやせ細っていったら——。もしも母親がこの世からいなくなったら——。中学受験を控える凌は強がるけれど、きっと陰では泣くだろう。来週十歳の誕生日を迎える聖子は涙をぽろぽろと流し続けるに違いない。

これからのことをひととおり話し終え、「わたしは大丈夫だから。じゃあ、おやすみ」と言って寝室に入った美奈子はまだ寝ていないだろう。目を閉じることができず、暗闇を見つめているはずだ。時計の針は一時を指していた。気を紛らわすためにつけたテレビでは古い映画が流れていた。いつか美奈子と一緒に観た『男と女』というフランス映画だった。これ以上昔の記憶を掘り起こしたくなくて、すぐにテレビを消した。

リビングに残された誠もまた、まだ眠れるはずもなかった。心を落ち着けるために棚からなんとはなしに手に取ったレコードは、ビートルズの『ホワイトアルバム』だった。どういうわけかC面から始めるべきだと思って、レコードに針を落とす。「バースデイ」の音の一つひとつが部屋を楽しげに跳ね回ると、誠は歯を食いしばって涙をこらえた。いま自分が泣いたら、自分たちの人生がぐらりと揺らいでしまう。そんな気がした。早く寝室に行ってあげなければ、と思いながら体が動かない。スピーカーからは「ロング・ロング・ロング」が流れ始めた。誠は美奈子のいないシトラス色のダイニングチェアをずっと見つめている。

新しい命を

東京駅のホームで呼人《よひと》は不安を感じていた。これからしばらく、一人の生活を送る。だが、心のざわつきの種は孤独になることではなかった。

新幹線のガラス越しに東子《とうこ》と向き合う。自分の席を見つけ、水色のチェスターコートを脱いだばかりの東子の小さなあごがオレンジ色のタートルネックに埋もれている。呼人がスマートフォンで「体を冷やさないように」とメッセージを送ると、それに気づいた東子は照れくさそうにうなずいた。

発着のアナウンスが交錯する。秋の終わりの風がホームを吹き抜ける。呼人は穿き慣れた紺色のコーデュロイパンツのポケットに両手を突っ込んだ。もうすぐ新幹線が出発する。西へ二時間足らず、東子は自分の故郷に帰る。柔らかく膨らんだ腹部には命が宿っている。

一時間ほど前、駅の構内にあるコーヒーショップで二人分のグレープフルーツジュースを買った。新幹線の改札を抜けた場所にある待合室で向かい合わせに座った二人はほとんど話さなかった。結婚して五年目を迎えたばかりの夫婦は同じ理由で臆病になっていた。もう二度とあの悲しみは味わいたくなかった。

里帰り出産を望んだのは東子自身だ。「今度はちゃんと産みたいから」と言ってきた。呼人はすぐに賛成した。仕事や家事の負担を考えずに出産に向かっていってほしかった。今度の妊娠がわかったとき、東子は手放しでは喜ばなかった。今年の春に三十五歳になった東子からはときどき、もう失敗できないという張り詰めた雰囲気が漂っていた。あけすけに「反復流産は絶対に避けたいわ」と話す表情は恐ろしいほどに真剣だ。

込み合った待合室で、呼人の隣の席には小さな男の子と母親が座っていた。三歳ぐらいだろうか。呼人は生まれていたかもしれない自分たちの子どもについて考えていた。東子は大切な宝物のように両手でグレープフルーツジュースを抱えている。男の子が「しんかんせん、のるのたのしみだね」と言い、母親は「楽しみだね」と笑って男の子の頭をなでた。東子はその光景に気づかないふりをしているように見えた。二人にとって、あってほしかった現実がそこにあった。あってほしかった現実はあってほしくなかった現実の裏返しであり、二人はあってほしくなかった現実――東子の体に宿った命が思いがけず果ててしまった――をなんとか乗り越えようとしてきた。

あのとき、悪い予感はあった。三年前の春の夜、産婦人科から帰ってきた東子が「エコー写真を見て、お医者さんが、赤ちゃんが大きくなってないみたいだって」と心配そうに言ってきた。その先について二人は何も話さなかった。暗い可能性を言葉にすると、未来が悪い方向に進むような思いがよぎった。

結婚して二年目の妊娠だった。呼人が代官山のレストランでプロポーズしたとき、「はい、よろしくお願いします」と答えた東子は「早く子どもが欲しいね」と言った。男の子だったらどんな名前にしよう、女の子だったらこんな名前がいいな、と相談していた二人は結局、最悪の事態に出合った。有給休暇をとって産婦人科に行っていた東子はスマートフォンを鳴らし「やっぱり自然流産だって」と静かに告げてきた。呼人は昼食後に会社に戻る途中、桜が散り終えた公園でスマートフォン越しにその事実を告げられ、人目もはばからずに泣いてしまった。行き交う人たちの無関心さがひどくうらめしかった。

東子が泣いていたかどうかはわからない。「一泊の入院で手術をすることになったわ」と続ける静かな声を聞きながら、呼人はわんわんと泣き続けて腰を抜かしたように花壇のブロックに座り込んだ。スマートフォンでの会話が終わったあともしばらく動くことができず、足元に広がる汚れた桜の花びらが手際の悪い水彩画のように見えた。小雨が降り出したが、呼人は濡れるだけ濡れようと思った。急に突きつけられた悲しみを洗い流してほしかった。

呼人はそのあと、自分の母親も流産を経験していることを何度か思い出した。自分を産む二年前の出来事で、妊娠の早い時期に授かった命が途絶えた。その不幸がなければ自分は生まれていなかったかもしれないと考えると、不思議な感覚に陥る。たまたま襲いかかった悲しみは忘れ、新しく生まれてくるはずの小さな命を精いっぱい育てていく。初めて父親と母親になるだろう自分たちが新しい命に注ぐありったけの愛情が、まだ見たことのない幸せにつながるのだと感じている。けれどもいま、新幹線のガラス越しに東子を見守る呼人の頭には、ずっとある存在が居座っている。東子の手術後、診察室に一人呼ばれた呼人は、医者から「一応報告します」と小さな小さな瓶を見せられた。生まれてきてほしかった命の慎ましいかたまりを、呼人は忘れるべきではないと思った。でも、溶けたビー玉みたいな亡き骸を目にしたことは、東子には絶対に話さないでおこうと心に決めた。

発車ベルが鳴る。また木枯らしが吹いた。東子を見送る呼人は、今度こそ新しい命に名前をつけられますように、と強く願った。

東京駅から新幹線が滑り出す。東子は窓越しにそっと手を振る呼人を振り返って見ることなく前を向いた。故郷までの暇つぶしに音楽をと、スマートフォンにささった真っ白いイヤフォンを両耳にしのばせようとした。イヤフォンのコードが複雑に絡まっていて、ほどくのにひと苦労した。隣の二つの席は空いたままだ。

父や母のもとで産む最後の準備をしようという自分の決意を、東子は再確認した。三年前の早期流産があったから、万全を期したかった。ただでさえ会社勤めで忙しい呼人にあらためて重圧をかけたくもなかった。里帰り出産が落ち着くまでの三カ月ほど、別々に暮らすほうがお互いのためだと考えた。

早期流産をスマートフォンで伝えたとき、実のところ、東子は呼人の号泣にむしろ気が動転してしまった。妊娠からまもない時期の流産は少なくないと知っていたし、エコー写真の赤ん坊が小さいままだという悪い前兆もあった。産婦人科の医師にその事実を告げられたとき、電車に乗り遅れたみたいなものだとあえて割り切るしかなかった。呼人が泣くほどまでに子どもを待ち望んでいたことを知り、東子はひそかに取り乱していた。

その日、呼人は会社を早退して帰宅し、帰ってくるなり黙ったまま自分を抱きしめてくれた。呼人は相変わらず優しいと思った。無視されたり、靴を隠されたりといったいじめに遭っていた中学二年生のとき、周りの目を気にせず唯一公平に接してくれたのが呼人だった。東子は一瞬だけ自殺も考えたけれど、人当たりのいい呼人が自然に相手をしてくれたおかげでいじめはほどなくなくなった。東子はそのころから呼人が好きだった。大学卒業後に開かれた中学校時代の同窓会で再会し、何度か会ううちに呼人から告白され恋人同士になり、代官山のレストランで「ずっと一緒にいてください」というプロポーズを受け入れた。

東子はいったんは諦めがついたつもりだった。けれども、呼人の泣き声を思い出すたび、事の重大さに苦しめられるようになった。妊娠を知っていた会社の同僚や上司のよそよしい態度も逆につらかった。本当は生まれてくるはずだった命の消失は自分のせいなのではないか——そんなふうに自分を責め、なかなか寝つけない夜も少なくなかった。今度こそ子どもが欲しいという思いと、もう二度と流産はしたくない、だから妊娠もしたくないという気持ちがぶつかり合ってきた。

今度の妊娠がわかったとき、東子はしばらく呼人に言い出せなかった。また落胆させるかもしれない。三十四歳での妊娠はぎりぎりだ。三十五歳を過ぎると、流産の危険性が高まるという記事を読んだことがある。高齢になればなるほど胎児の染色体異常や難産の確率も上がると知って、東子は手放しで喜べなかった。それでもある晩、呼人がつくってくれたチーズリゾットを食べたあと、「妊娠したみたい」と伝えた。呼人はほんの少しだけ黙り、「良かった。楽しみだね」と言ってくれた。呼人のその優しさがうれしかった。今度は失敗できないと思った。

東子は窓越しに流れる風景を見るともなく見ながら、今朝方の夢を思い出している。小さな男の子が出てきた。自分の腰くらいの身長で、桜が満開の川辺を短い足で駆け回っている。花見を楽しむ人たちで賑わっているけれど、呼人はいない。川に石を投げたり、川沿いの石を積み上げたりして遊び続けた。男の子は石の山が高くなるたびに手を叩いて喜んだ。

四つ葉のクローバーを探しているとき、ふと見渡すと、その子の姿がない。東子は周りに「息子がいなくなったんです」と告げて涙を流し続けている。目が覚めた東子は考える。涙を拭きながら、そうか、生まれてこなかったあの子は男の子だったのだと。隣では呼人が死んだように眠っていた。薄暗い部屋で天井を眺めたまま、男の子だろうと女の子だろうと、いま、お腹に宿る命は無事に生まれてきてほしいと思った。

新幹線が滑らかに進んでいく。暖房が効きすぎているかもしれない。脇の下を流れる汗で我に返った東子を不意につわりが襲う。タートルネックが急に苦しく感じて、胃のむかつきが起きて、吐き気を催した。口を右手で覆ったとき、ひじがテーブルにぶつかって、ほとんど飲み終えていたグレープフルーツジュースをこぼしてしまった。倒れたカップから流れた液体がゆっくりとテーブルの上に広がっていく。東子にはその形が溶けたガラスみたいに見え、急に不安な気持ちになった。拭き取る気力は起きない。吐き気をがまんして気を紛らわすように窓に向き合うと、張り詰めた表情の自分が映っていた。

寒空に富士山が現れたとき、イヤフォンからキャロル・キングの「ビューティフル」が流れてきた。「あなたは毎朝笑顔で目覚めなきゃ、そして世界に胸いっぱいの愛を見せてあげて」と歌う声が綿毛のように柔らかく聞こえ、だから東子は心臓がつかまれたみたいに苦しくなった。

今度こそ新しい命を産み落とすことができるだろうか。お腹を包み込むように両手を重ねる。東子は眠るようにそっと目を閉じた。

ここではないどこかに

底冷えのする夜、里菜《りな》はなかなか寝つけなかった。わたしはわたしの人生を生きていない。そう思いながら、不器用な寝返りを繰り返した。数日前にあごの下まで切った髪の毛からかすかにトリートメントの甘ったるい匂いがする。遠くで救急車のサイレンの音が聞こえた。生理が始まりそうで、腹が張った感じがする。

海は日本海しか知らない。日本海側の冬は太平洋側より厳しいと聞いたことがある。とりわけ足の指先が冷えきっていた。「里菜ちゃんのために用意しておいたわよ」と母が渡してきた湯たんぽは、おざなりに勉強机の上に置いたままだ。眠っているあいだまで母の存在にうずいていたくなかった。夢を見られるならば、せめてここではないどこかにいる自分の人生を感じたかった。冷たい指先こそが自分の存在証明のように思うと、余計に目がさえた。

湯たんぽの横にあるのは、先月、母からもらった誕生日プレゼントの箱だ。誕生石のタンザナイトのネックレスだという。「タンザナイトはダイヤモンドよりめずらしい石なのよ。紫色がとっても綺麗だから大切に着けてね」という母の言葉に、里菜は無言で抵抗した。実のところ、ひと月が過ぎたというのに包装さえ開けていない。「どうしてまだ着けないの？」とまとわりつくように聞いてくる母に、まっさらな箱の理由をむしろ気づいてほしかった。いままでネックレスなんて着けたことはないし、これからもそんなつもりはない。

横向きで目をつぶったまま、小さく息を吐く。もうすぐ成人式だ。成人式になんか行きたくない。「私が二十歳のときに着た振袖よ」と言って母はうれしげに波の模様の着物を嫁入り道具の桐箪笥から出してきた。里菜には、その着物の薄紫色が日没直後の空のように見えた。母が羽織った振袖を着たら、自分の人生がどんどん歪んでいく気がする。熱っぽい。喉が痛い。生理痛がひどい。会いたくない人がいる。母が納得するような成人式に出ない口実を考えなければならなかった。

救急車のサイレンが大きくなってきた。目を閉じたまま、小さなころの出来事を思い出す。人生でいちばん古い記憶かもしれない。生まれてほどなく、里菜と名づけられたばかりの赤ん坊は、どういうわけか大泣きしていた。壊れた人形みたいに泣き続けていた。すると母が突然、まだ小さな娘の口を右手で力強くふさぎ、耳元で何かを叫んだ。乳飲み子はとっさに泣きやんだが、人生で最も古い恐怖は心の底にずっと根を下ろしている。母の名前から「里」という一字をとった――「菜」は母が心から嫌っていた父方の母からもらった――里菜という名前と一緒に。

だから、ほんの小さなころから、母の顔色をうかがう癖がついた。本当は紺色のジーンズがほしいのにピンクのワンピースを買ってもらい、本当はサッカーボールを蹴りたいのにピアノを習い、本当は友だちと遊びたいのに塾に通い、本当は東京の美大に行きたかったのに、一浪して地元の国立大学の医学部に入学を決めた。父方の祖父が「女性はすぐに家庭に入るべきだ」と考えている一方、高校までしか行けなかった母は相当に学歴に固執していたから、娘の医学部進学を自分のことのように喜んだ。時折、「いまの時代は女性もどんどん社会で活躍しなくちゃ」と誇らしげに言ってくる。口癖のように「里菜ちゃんは優しいから、きっといいお医者さんになれるわ」と伝えてくる。実のところ、里菜は自分が医師になるイメージが湧かないまま大学に通っている。

まだ眠れない。昨日見た夢を思い出していた。本当は一人っ子なのに、夢のなかでは自分には姉がいた。小学生くらいに舞い戻った自分は、広い公園を走り回っている。空はどこまでも青い。ところどころに大きな木が生えていて、そのあいだを縫うように駆け抜けている。落ち葉を踏みつける音が虫の鳴き声のように聞こえる。遠くのベンチには母と父が座っていた。後ろから追いかけてくる少女に「里菜、待って」と呼びかけられ、少女に戻った自分は「待てないよ、お姉ちゃん」と大きな声を出す。驚かせようと急に振り向くと、今度は姉が逃げるように走っていく。追いかけるかどうか迷っているあいだに目が覚め、どうして存在しない姉の夢を見たのだろうと不思議に思った。そう言えば姉の顔は見ていないなとぼんやりと考えているうちに、いつの間にかまた眠ってしまっていた。

何か意味がありそうな前日の夢を思い浮かべながら、寒さに体を縮めた。ひざを曲げ、手を祈るように組んであごの下に置き、背中を丸めた。胎児みたいな姿勢だなと思い、自分がまだ生まれていないかのような気分になった。先月、二十回目の誕生日を迎えたというのにと不思議な感覚に包まれる。目を開けると、部屋には暗がりが広がっていて何も見えない。天井までの距離も部屋の広さもわからない。また目を閉じ、布団を頭からかぶった。

高校を卒業した母は地元の運送会社に就職した。事務の仕事を三年ほど務め、ちょうど十歳年上の父と見合い結婚をした。父は市役所に勤めていて、母は当然のごとく専業主婦になった。やがて私を産み、文字どおり母親になって、家が母の全世界になった。朝食をつくり、父の弁当を用意し、洗濯物を干し、部屋を掃除し、買い物に出かけ、洗濯物を取り込んでたたみ、夕食の準備をする。代わり映えのない日々をずっと続けてきた。

里菜は家事に専念する母を尊敬しないわけではない。けれども、味気ない日常を過ごしているようにも見える。あるとき、夕食を食べながら、父は里菜に向かって「お父さんは最高の奥さんをもらったよ」と話した。母は照れくさそうに顔をほころばせ、「里菜ちゃんもいいお嫁さんにならないとね。お手伝いが上手だからきっといい主婦になれるわ」と言った。

家庭がすべての母にとっては、自分の成長だけが生きがいだ。ましてや一人っ子だから、寄せられる期待も大きい。里菜は小さなころから母の願いに応えるように生きてきた。思春期になってからは、自分の意志を通したい場面もあった。けれども、そのたびに口をふさがれ、耳元で何かを叫ばれた記憶がよみがえり、ためらってしまう。つまり、わたしはわたしの人生を生きていない。

家族という狭い世界に閉じこもる母は家事の合間にひと息つくとき、よく音楽をかけ、灰色の三人がけのソファに身を委ねた。詳しくはわからないけれど、一九九〇年代の日本のポップスがお気に入りだ。母の趣味だから、里菜はそれだけで敬遠していたけれど、例外が一つだけあった。

優しさで包み込むような一曲には心を引かれた。調べてみると、小沢健二というミュージシャンの「天使たちのシーン」という曲だとわかった。どこか物悲しく、それでも這って進むように愛と人生の尊さを唱える歌に胸を揺さぶられた。自分がこの世に別れを告げたら、十分以上も続くこの賛美歌を流してほしいと考えていた。そのころにはきっと母はいなくなっているだろう。

近場の大学の医学部への進学は母の提案だった。高校三年生のとき、法学部の受験に軒並み失敗したあと「人の命を助ける仕事は、優しい里菜ちゃんに向いているわ。ちょうど電車で通える場所に医学部があるじゃない」と繰り返してきた。何度も言われているうちに里菜もそんな気がしてきた。母はときどき「里菜ちゃんは聞き分けがいいから育てやすいわ。私の話を聞かないような子だったら、『産まなければ良かった』なんて思ったかも」と冗談めかして笑った。

「聞き分けがいいから育てやすい」里菜が地元の国立大学に入学したとき、奮い立って「アルバイトをしたい」と言うと、母がいいも悪いもなく近所の塾で働き口を決めてきた。「またか」と気持ちが萎えなかったわけではない。けれども、自由がきくお金を得られるのは大きかった。しばらくして、母には内緒で二駅隣の町にある絵画教室に通い始めた。里菜は小さなころから絵を描いて自分の時間に没頭できる時間が好きだった。

息抜きに始めた絵画だから、自由に描いて良かった。里菜はまだ行ったことのないヨーロッパの街や自然を好んでキャンバスに写した。中学時代から好きだった油絵で、最初は暗い色を塗り、徐々に明るい色を重ねていく時間が気に入っていた。心がなくなるような感覚になり、自分がここではないどこかにいるような時間はたまらなく居心地がいい。母にばれないように、画材の一式は高校からの友人の嘉代子《かよこ》の家で預かってもらっている。ときどき嘉代子の部屋に上がり、一時間ほど近況を報告し合ったり、思い出話に花を咲かせたりするのがいまのいちばんの幸せだ。

いまでは週一回のレッスンを週二回に増やし、そのかたわら大学に通い、レポートを書き、アルバイトの塾講師をこなしながら休まず通い続けている。母には秘密の空間が本当の自分の居場所のような気がしている。絵を描き始めるとき、古びたイーゼルに背をもたれるまっさらなキャンバスに見られているような感覚が何より好きだった。

ただ、自画像だけは描きたくなかったし、描けるとも思わなかった。ありのままの自分に向き合う勇気がなかった。里菜は鏡を見ることが苦手だったが、それ以上に化粧を施す作業に価値を見いだしていた。ちょっとした外出でもメイクは欠かせない。文字どおり変身するような感覚が心地よかった。

立派な手本のように保守的な常識人である母に偽らざる自分を知られたら、事態はさらに悪くなる。母がいる限り、このやましさはどこまでも消えそうにない。むき出しの自分とは、男性以上に女性を恋い慕う自分自身のことだ。里菜は物心ついたころから男性よりももっと女性に心を奪われてきた。文字どおり、隠れながら恋を続けてきた。高校時代からずっと、いまは毎週会う嘉代子を愛している。あふれ出す気持ちはまだ伝えていない。いまは彼氏はいないけれど、嘉代子が一般的に男性を好きなことはわかっている。本当はいますぐ抱きしめたいのに、あと一歩を踏み出せない。つまり、わたしはわたしの人生を生きることができていない。

まだ眠りは訪れない。そっと目を開けると部屋中に真っ暗な夜が広がっている。救急車のサイレンの音はもう聞こえない。両ひざを曲げ、息をかけて温めた手のひらで、氷のように冷たくなった足の指先を包んだ。生理が始まりそうで、腹が張った感じがする。暗闇でじっと目を凝らしながら、葉の枯れ落ちた木々のあいだに空がひらける風景を想像した。心のなかで「天使たちのシーン」を歌ってみる。里菜はまだ眠れず、だから夢を見ることができない。

初雪の夕暮れに

東京に初雪が降った夕暮れ、コーヒーにミルクが溶ける様子を見るわたしの頭の片隅で十年以上も前の記憶があからさまによみがえる。仕事帰りに雪がやむのを待つために立ち寄ったカフェで、淡い切なさが込み上げてきた。冷たい手でマグカップを包み暖をとる。ふと目を逸らすと、窓ガラスに映る自分が未亡人のように見えた。薄墨色の空から花のように雪が舞い落ちている。窓にかかる雪はすぐに溶け、カフェの灯りを反射していくつもの水滴がかすかに光る。

ゆっくりと空から降りてくる雪がわたしを過去に連れ戻す。二〇一二年の冬、わたしと俊美《としみ》は恋人同士だった。二人とも社会人一年生をもうすぐ終えるところで、俊美はスーツ姿がだんだん様になってきていた。わたしが就職祝いにプレゼントしたワインレッドのネクタイを気に入ってくれ、「これをつけると商談がうまくいくんだ。幸運のお守りだよ」とよく冗談めかして言った。

俊美とは大学の映画サークルで出会い——二人ともクロード・シャブロルに憧れていて、彼の『美しきセルジュ』と『いとこ同志』がお気に入りだった――二年生の夏に告白されて付き合い出し、四年生の春に俊美のアパートで同棲を始めた。優しいクリーム色が印象的なアパートのワンルームでの生活は社会人になってからも続き、わたしたちはぼんやりと二人の将来を思い描いていた。言葉にはしなかったけれど、お互いに結婚を意識していたと思う。わたしは俊美の両親に会ったし、俊美はわたしに指輪のサイズを聞いてきた。

背の低いビルの二階にあるカフェからは、初雪の降る街を危なっかしい足どりで歩く人たちが見える。色とりどりの傘が風に吹かれる花のように思えた。規則的に並ぶ街灯の頭に少しだけ雪が積もっている。わたしは銀世界の東京を想像してコーヒーをひと口飲み、コースターを手に取った。ざらついた厚紙でできた砂色のコースターにはコーヒーの湯気がハートになったデザインがあしらわれている。

いまさっきむき出しに思い出されたのは、大雪の日の出来事だ。二人で午前中から下北沢に出かけたのは凍えるような日曜日だった。社会人として初めて新年を迎えたばかりの休日の朝、クリーム色の円柱の石油ストーブに火を点けた俊美が急にレコードを買いに行きたいと言い出し、わたしもアンティークの家具屋をいくつかひやかしたくなって小田急線に乗った。二人ともタートルネックのセーターを着ていた。俊美はグレープみたいな紫色で、わたしはキウイみたいな緑色だったと思う。俊美はパタゴニアの厚手のジャケットを羽織り、わたしはグローバーオールのダッフルコートを着込んでいた。

何軒かの店をめぐりながら俊美は何枚かのレコードを買い「いい買い物をした。今年はいい年になりそうだ」と笑った。とりわけビーチ・ボーイズのクリスマスアルバムを手に入れられたことに喜んでいた。わたしは黄色の体に青い小さな花がいくつも描かれたデザインにひと目惚れしてポーランド製のアンティークのマグカップを買った。「おそろいにする?」とわたしが訊くと、俊美は「俺はいいや」と答えた。

ひととおり買い物を終えると、朝はちらついていただけの雪がいつの間にか大降りになっていて、わたしたちはサンデーブランチに避難した。二人ともお気に入りのカフェで、温かいコーヒーを飲みながら昨日観た映画の話をした。わたしたちはその映画に泣かされていた。

気づくと外は暗くなっていた。店を出てほどなく俊美が手をつないできた。傘のないわたしたちは雪をかぶりながら駅へと歩いていく。雪が積もり始めている細い路地には、ひざぐらいの高さの小さな雪だるまが一つできていた。俊美はわざと雪の上を進んでいく。転ぶか転ばないかの危うさを楽しんでいるかのようだ。風が冷たくてわたしはマフラーをぎゅっと結び直そうと俊美の手を離すと、「この恋もいつか終わるのだろう」と確信めいた不安に襲われた。結局、その予感は当たり、多くの恋人たちと同じくわたしたちにも別れが訪れた。

大学二年生の夏に始まったわたしと俊美の恋は、ろうそくが溶けるようにゆっくりと、けれども少しずつ確実に終わりに向かっていた。ともに手をつないで歩んでいくような未来を夢見ていた二人の距離は、じわじわと離れていった。

社会人になって四年目。二人とも仕事が忙しくなっていた。不動産販売会社に勤める俊美は新築一戸建てを売る営業部隊として汗を流し、化粧品メーカーで働くわたしは出張や残業が増えていた。俊美は朝早くにネクタイを締めてよく出かけたし、休日を返上して働く日もあった。丸一日顔を合わせない日もめずらしくなくなっていた。二人の生活に、溝が生まれていた。

「あのときは乾いた生活だったな」とわたしは振り返っている。外の雪は大粒になっていた。傘がないわたしはもう少しカフェで時間をつぶそうと考えている。

「明日の朝には三十センチくらい雪が積もっているらしい」

「本当に？　雪だるまがつくれるね」

隣の席に若い男女が座ってきた。恋人同士かもしれない。肩の雪を払う男の子の声が俊美の声に似ていた。

その声がある夏の記憶を呼び覚ました。河川敷にピクニックに出かけた大学三年生の夏休みの出来事だ。サッカーが好きな俊美が毎晩のように夢中になってワールドカップを観ていたから二〇一〇年だったと思う。朝起きると、三日前からわたしのアパートに泊まっていた俊美が「太陽の光を思いっきり浴びたいな」と言った。二人で何種類かのサンドウィッチをつくり、少し大きめのタンブラーに熱いコーヒーを注ぎ、思う存分に氷を入れた。田園都市線に揺られて多摩川沿いの二子玉川駅で降りた。

河原の草むらに目ぼしい場所を見つけ、海みたいな色をしたギンガムチェックのレジャーシートを敷いた。座っているだけで汗が滴り落ちてくる。けれども、不思議と不快感はなかった。隣に俊美がいるだけで良かった。俊美は顔じゅうの汗を拭いながら「ビールを買って来れば良かったな」と悔しがった。本当はアルコールに弱いのに、そんなふうに背伸びをしたがる性格が嫌いじゃなかった。俊美は大事に着ていたストーン・ローゼズのTシャツにアイスコーヒーをこぼし慌てふためいた。わたしは俊美からもらった黄色いハンカチにペットボトルの水を含ませ、コーヒーの染みを叩いて落としてあげた。

高架を電車が行き来する。サンドウィッチを食べ終えると、出し抜けに俊美が「子どものころの夢はなんだった？」と聞いてきた。

「わたしは花屋さんになりたかったの」

「どうして？」

「幼稚園のころの話よ。お母さんに連れられてよく花屋さんに行ったんだけど、そこのお姉さんがとても優しかったから。そんなふうになりたかったんだと思う」

「子どものころってそんな感じだよな。単純というか、俺もケーキが好きだからってケーキ屋さんになりたかったもん」

「純粋だったんだよね。でもいまは……」

「とにかく就職活動を成功させなきゃな。どこにも引っかからなかったらやばいよ」

「俊美はどんな仕事がしたいの？」

「それがよくわからないんだ。だから余計にやばい。志望動機がうまく書けないでいる」

わたしも同じだったけれど、そのまま話を続けると二人とも気が沈みそうで黙っていた。話題は好きな邦画の話や東北でフィールドワークに励んだゼミ、それから小学生時代の思い出に移り、いつの間にか夕暮れが迫っていた川沿いに生暖かい風が吹いた。思いついたように俊美が「そうだ、紙飛行機を飛ばそう」と声をはずませ、わたしは自分のトートバッグからルーズリーフを取り出した。「長く飛んでいたほうが勝ちだ」

「勝負するの？　負けたほうの罰は？」

「ビールを一杯おごる。それでどう？」

「いいわ。わたし、結構、紙飛行機つくるのうまいんだから」

思い思いに折って出来上がった紙飛行機を「いっせーのせ！」のかけ声で空に向かって飛ばした。夏のかすかな風に乗った飛行機がゆっくりと離れていく。わたしはその風景を見ながら、こんなふうにして人生を楽しめる俊美を好きで良かったと感じていた。どちらが勝ったのかは忘れてしまった。そのあと二子玉川駅近くのカジュアルなバーに入り、何が楽しかったのか、二人で大笑いしながらビールをずいぶん飲んだことは覚えている。

時間は残酷だ。付き合い始めて七年がたち、二人は細い糸でかろうじてつながっているにすぎない関係になっていた。日々の忙しさとすれ違いは二人の歯車を狂わせ、ささいな出来事で苦々しい空気が流れる場面が増えた。俊美が洗濯物をたたまないとわたしの機嫌が悪くなり、わたしが休日に出かけるのを拒むと俊美は不愉快そうな顔をした。わたしが会社の愚痴をこぼし続けると俊美は眉をひそめ、俊美がスーツ姿のまま空色のソファに横になるとわたしは無性に腹が立った。一日じゅう話をしない時間のほうが気が楽になっていた。

会話も減ったわたしたちは、けれどもどちらが言い出したのか、炎天下で映画を観に出かけた。ニコラス・スパークスの小説を原作にした『かけがえのない人』という作品だった。久しぶりの再会が男女二人の思いを再燃《さいねん》させるラブストーリーが終わったあと、涼むためにカフェバーに潜り込んだ。けれども、やはり話は盛り上がらなかった。店内ではカーディガンズの「カーニバル」が流れていた。俊美がたまにかけるレコードで聴き慣れていた音楽が「こっちに来て、今すぐ愛して」と繰り返すたび、わたしは胸がつかえて、この恋はもう終わったのだと感じた。二人をつなぎ止めていた細い糸がぷつりと切れた。

店を出ると、夕方が近づいているというのに燃えるような太陽のもと、俊美が別れを切り出してきた。「もう終わりにしよう」という言葉を聞きながら、わたしはひたいの汗を黄色いハンカチで拭っていた。理由は聞かなかった。答え合わせがうまくいったような気がしたわたしの目からは、それでも涙があふれてきた。

でも、たぶん悲しかったわけじゃない。わたしはその日のうちに荷物をまとめ、二日後には有給をとって不動産屋をめぐり、「即入居可」の物件に絞って一人暮らしをするアパートを見つけ、最低限の家具を買いそろえ、ちょうど七年間の恋が終わった七日後には俊美のもとを離れた。俊美の電話番号はスマートフォンから消した。学芸大学のアパートに届いた七つの段ボール箱に詰まった思い出を、わたしはすぐに忘れてしまおうと決めた。新しい住まいに差し込む西日がわたしの恋のラストシーンとなった。

本当の冬がやってきたのに真夏の出来事をなぞっている自分に、ふと含み笑いがこぼれてしまう。あれからもう何年もたった。俊美がいま何をしているかは知らない。気づけば、窓の外は大雪になっていた。大学生くらいの男女が楽しそうに雪だるまをつくっている。東京の初雪はずいぶんと積もるだろう。わたしはでも、湯気を失ったコーヒーを見つめながら、その雪もいずれ溶けてしまうのだと考えている。

それがダンスになる

　八年前、ひまわりがうなだれていた季節に恋人同士になった二人は、冬を迎えようとしていた。一緒に暮らし始めてもうすぐ四年になる。物語ならば新たな展開に移る時期だし、映画ならば幕切れが近づく頃合いかもしれない。

　お互いに二十六歳になった。このところ、恵一《けいいち》と絵莉子《えりこ》の関係は起伏もカーブもない道のような状態が続いている。よく言えば波風が立たず、逆の見方をすれば硬直化していた。朝起きてほとんど何もしゃべらずに一緒に食事をとり、別々の時間に別々の会社に行く。早く帰宅したほうが夕食の準備をする約束事はいつの間にか決まっていた。会社から帰ってくる時間は同じではない。相応に疲れた二人は休日を思い思いに過ごす。同じ時間に同じ場所で同じものを見たり聞いたりをほとんどしていないから、当然会話もはずまない。

　二人とも淡々としたつながりに危うさを感じながら、お互いを必要としていることを理解していた。愛はまだ消えていない。それどころか、それぞれがもっと、きちんと寄り添いたい思いを強めていた。けれども、まだ若い二人にはどう言葉にすればいいのかがわからなかった。

運命のような出会いだった。大学に初めて行く日の朝、バス停でお互いの存在が気になった。後ろに並んでいた恵一は、髪の毛もまつ毛も長く、色白の少女に目を奪われ、先頭に立っていた絵莉子は、細身で長身でアーモンドみたいな大きな瞳の少年に心を引かれた。二人はしばらく見つめ合い、絵莉子が淡くほほ笑むと、恵一は思わず目を逸らした。大学に着くと、日本文学科の同じクラスだとわかった。桜が見える教室で二人はまた見つめ合った。

しばらくは話をしなかったが、大型連休が明けたころ、日本文学講義が始まる前に初めて言葉を交わした。廊下で前の講義が終わるのを待つあいだ、「このグミ、食べる？」と絵莉子が突然声をかけ、恵一は「ありがとう」と答えて赤いグミを二粒もらい、二人の距離は瞬く間に縮まった。

恋が始まった。でも、どちらもその気持ちを言葉にしなかった。キャンパスや教室で会うたびに話をするようになったし、一日の講義が終わったあとにお互いの家を行き来するようにもなった。けれども、どちらももう一歩を踏み出さなかった。恵一は燃えるように熱い気持ちで絵莉子の心を焦がすのが怖く、絵莉子は生まれて初めて味わう特別な感情に戸惑っていた。大学では誰ともしゃべらず、教室のいちばん後ろで本を読んだり、ときどき窓の外をじっと眺めたりしている恵一は、絵莉子が振り払い続けてきた孤独を好んでいるように見えた。絵莉子はその姿に引き寄せられる感覚をうまく処理できなかった。

二人が恋人同士になったと自覚したのは、近所の河川敷で花火大会が行われていた夏の終わりの夜だ。どちらかが伝えたわけではない。アパートの三階にある恵一の部屋のベランダから並んで夜空を染める花火の数々を眺めた。どちらからともなく手をつなぎ、張り詰めたときの心臓のように爆《は》ぜる音に促されて、ぎゅっと握り合った。その日、二人は初めて朝まで一緒に過ごした。

次の日、絵莉子のほうが早く起き、まだ寝ている恵一の左手を両手で包み込んだ。それから一時間ほどして恵一が目覚めると、絵莉子が「おはよう。これからもよろしくね」と伝えた。恵一は「うん、ありがとう」と答えた。朝食はグレープフルーツとコーヒーだけで済ませた。

恵一は相変わらず大学で友人をつくろうとしなかった。絵莉子を除けばクラスの誰とも話さず、サークルにも入っていなかった。対照的にできるだけ交流の輪を広げようとしていた絵莉子にとっては、不思議で仕方がなかった。話してみれば、恵一には教養もユーモアもある。周りに溶け込むのが難しい行為には思えなかった。

ある晩、ベッドで横になって汗を拭きながら向き合い、絵莉子は恵一に「なぜ友だちをつくろうとしないの？」と聞いた。恵一は絵莉子の目を見つめたまま、しばらく黙っていた。恵一は絵莉子から甘い匂いがすると感じていた。絵莉子がそれ以上追求せずにいると、恵一は絵莉子に背中を向けて静かに口を開いた。

「高校時代の大親友が三年生の夏に自殺したんだ。なんの前触れもなかったし、遺書も残していないから、理由はわからない。首吊り自殺だった。いつも一緒につるんでいたやつだった。もちろんほかにも友だちはいた。でも、急に一人ぼっちになった気がして混乱したよ。誰かが突然目の前からいなくなる。それが怖くて、だったら最初から一人のほうが楽だと思ってるんだ」

絵莉子は恵一を後ろからそっと抱きしめて訊いた。

「じゃあ、わたしはどうなの？」

「わからない。とにかくバス停で初めて見たとき、こうなるって感じたんだ。心臓を燃やされたように胸が熱くなった」

「運命みたいな？」

「そうかもしれないし、そうじゃないかもしれない」

「わたしもいつか恵一の前からいなくなるかもしれない」

「それはわかってる。でも、なぜだか絵莉子だけは別なんだ。いつも一緒にいたいと思ってる」

「わたしにとっても恵一は特別だわ。軽々しく群れないところになぜか引かれてる」

絵莉子は友人たちとの時間も大切にしていたけれど、恵一が孤独を好むから二人はいつも二人きりだった。二人のあいだには世界が自分たちのためにあるような無敵さがあった。二人の大学時代は恋とともに過ぎていき、恵一が好きなストーン・ローゼズのファーストアルバムが二人のサウンドトラックになっていた。どこかの恋人たちと同じように、ささいな出来事で笑い合い、つまらない理由で言い争い、海の向こうの国の映画を観て泣いた。ジェットコースターのように浮き沈みのある日々は、だからこそ青春そのものだった。

大学を卒業し、ともに就職してほどなく一緒に暮らし始めた。恵一は新聞社で、絵莉子は旅行会社で働き始め、十八歳で出会った二人は気づけば二十六歳になっていた。物理的な距離が近づくほど、心が遠ざかっていく感覚がある。青春時代の熱っぽい恋心をほとんど置き去りにしてきた二人はいま、同じように何かを変える必要を感じていた。もう一つの扉を見つけ出してその奥に踏み出さなければ、酸素を失ったろうそくの炎のようにお互いへの思いが消えてしまう。絵莉子がいつか買ったアンティークのキャビネットの上にある丸い水槽では、二匹のグッピーが窮屈そうに泳いでいる。秋がほとんど過ぎ去った東京の街では、通りのところどころを枯れ葉が敷き詰めていた。

その年初めてマフラーを巻いた日の夜——二十三歳の誕生日プレゼントに絵莉子が手編みで編んでくれた黄色とグレイのボーダーのマフラーだ——寝る前に恵一が「お互いに最初に好きだと意識した瞬間を教え合わないか？」と言った。しばらく温めていた計画だった。八年の月日が二人の関係を一本調子なものに変えていた。二人の結びつきを前向きに強めるには、あえて振り出しに戻る必要があるのではと考えた。

薄暗い部屋ではストーン・ローゼズの「エレファント・ストーン」が控えめに流れている。「いいけど、どうして？」と同じベッドに横たわる絵莉子は訊いた。

「最近『停電の夜に』という短編を読んだんだ。ジュンパ・ラヒリという女性作家の作品で、停電する夜の時間帯にろうそくの灯りを頼りに夫婦が秘密を教え合う話だ。物語はとても悲しい終わり方をする。でも、まだ打ち明けていない話を教え合う行為は、二人にとって新鮮な時間でもあった。

僕たちにもまだ伝えていない話をして空気を入れ替えるような工夫があっていいと思うんだ」

絵莉子は「そうね」とうなずき、「お互いに最初に好きになった瞬間と言っても、バス停での出会いは加えないでおこうよ」と続けた。恵一は同意した。自分は別のことを伝えたかったし、絵莉子からもほかの出来事を聞きたかった。

面と向かって言うのは気恥ずかしいという絵莉子の提案で、手紙で伝え合うことになった。次の土曜日の夜にお互いの枕元に手紙を置き、日曜日の朝にそれぞれが確認する。絵莉子は相手が書いた内容について、何かを話すことはしないという約束事も決めた。

日曜日の朝、寒さで目が覚めた恵一は風船と小鳥が描かれたクラフト紙の封筒を開け、絵莉子からの言葉を読んで、心を揺さぶられた。絵莉子はグミを一緒に食べたあと「いちばん好きな季節はいつ？」と質問したとき、恵一が「春が好きかな。柔らかい匂いと空の色が好きだから」と答えた瞬間に一気に思いが強まったと書いていた。恵一は初めて一緒に夜を過ごしたあとの朝、絵莉子が油性ペンでグレープフルーツにスマイリーフェイスを描いて、いたずらっぽい笑顔で見せてきた場面で好きという感情を確信したと書いていた。

先に起きていた絵莉子は鼻歌でストーン・ローゼズの「ウォーターフォール」を歌いながら水色のソファに座ってコーヒーを飲んでいた。恵一は自分と同じく、ささいなきっかけで自分を好きになってくれた絵莉子をいままで以上に愛おしく思い、ずっと一緒にいたいと思った。どういうわけか、今日、その決意を告げなければこの関係に幕が引かれるという焦燥感に駆られた。

同棲するマンションからほど近いカフェでランチを食べたあと、恵一は江戸時代の屋敷跡につくられた公園に絵莉子を誘った。人がまばらな広場のベンチに腰かけ、深く息を吸ってから「結婚しよう」と言った。不意に木枯らしが吹き、数人の子どもたちがはしゃぐような声をあげた。

濃紺のピーコートを着た絵莉子は少し黙ったあと、「いいわ」と答え、「でも、わたしには秘密があるの」と人差し指を鼻に当てた。

「ずっと隠していたけど、わたしは小さいころに両親が交通事故で亡くなって、児童養護施設で育ったのよ。わたしは一人っ子だから、もう家族はいない。だから孤独が怖いし、だからなるべくいろんな人と関わってきた。でも、親がいなかったから、正直に言えば愛ってものも家族ってものもなんなのかわからない。家族をうまくつくる自信がないの。恵一に特別な感情があるのは確かだし、さっき手紙を読んで泣きそうなくらいうれしかった。ただ、これが愛なんだって断言はできないわ」

恵一は突然の告白に声が出ない。絵莉子はうつむいたまま「わたしも恵一と結婚したい。でも、幸せになれるかどうか不安なの」と消え入りそうな声で話した。どちらからともなく温め合うように手をつないでいた。吐く息が白い。二人を沈黙が包むあいだに空から雪がちらついてきた。「あ、雪だ」と立ち上がり、両手を広げて粉雪をつかまえようとする絵莉子の長い髪がかすかになびき、ターコイズブルーのスカートがしなやかにはためくその姿がダンスのように見える。

ブルック・キーツについて

ここから先の十編はわたしの作品ではない。ブルック・キーツという作家の短編小説群だ。ブルック・キーツは「歌われない作家（Ｕｎｓｕｎｇ Ａｕｔｈｏｒ）」と言っていい。世界中でもほんのひと握りの人間にしか知られていないはずだ。たった十編をひそやかに発表し、いさぎよく姿を消した。

わたしは大学生時代、イギリス・ロマン派に入れ込んでいた。なかでもわずか二十五歳でこの世を去ったジョン・キーツに引かれていた。「『聖アグネス祭前夜』に於けるアレゴリー――処女思想の部屋に別れを告げて――」という題名で卒業論文を書いた。就職活動に身が入らなかったわたしはその後、大学院に進学した。

大学を卒業した年の初秋、初めてイギリスを訪れた。ほんの少しだけ研究の足しになればと、イギリス・ロマン派にゆかりのある湖水地方やロンドンのハムステッドにあるキーツ・ハウスに足を運んだ。もっとも、研究書をたんまり買い込んでやろうなどという野心はこれっぽっちもなかった。

旅の半ば、グリニッジのフリーマーケットに向かった。いかにもイギリスっぽい古着が目当てで、キャサリンハムネットの濃紺のニットカーディガンとグローバーオールの黒いダッフルコートを買った。赤と青のラインが文字盤にそれぞれちょうど半円を描くタイメックスのアンティーク時計も、たった六ポンドで手に入れることができた。

少しくたびれて座って生ぬるいアイスコーヒーを飲んでいると、目の前で古書を売っている一角に「ＫＥＡＴＳ」という文字が見えた。「ジョン・キーツの研究書かな」と思って近づいてみると、背表紙の下には「Ｂｒｏｏｋ ＫＥＡＴＳ」と記されている。本のタイトルは『すべて失われる者たち』というもので、少し興味を持ったわたしが、分厚いレンズの眼鏡をかけ、鼻の下にペンキの刷毛のようなひげを伸ばした店主に「ブルック・キーツって何者なの？」と訊くと、「わからない」という返事が返ってきた。頼りないくらい薄い本のページをぱらぱらと繰る。どうやら短編小説集らしい。四ポンドから二ポンドに値切り、その本を手に入れた。

夕方アールズコートのユースホステルに戻り、二段ベッドの上で横になりながら読んでみると、すぐに引き込まれた。平明な文章が心地よく、「人生の手の施しようのなさ」を描いたどの作品を読み終わっても、後味の悪さがじんわりと残る。「生きることのミステリー」が冷静な筆致で記される掌編小説たちは、どの物語も終わっていない。むしろ、短いながらも物語が始まるまでの物語が紡がれていて、いずれわたしもこんな作品を書きたいと興奮したのを覚えている。同じ部屋に泊まるチェコ人に「ブルック・キーツって何者なの？」と訊かれたわたしは「わからない」と答えた。別のウェールズ人が「その作家なら『父と夫の山高帽』という作品を読んだことがある気がする」と言ってきた。わたしが手に入れた本にその作品は収められていなかった。

新学期が始まり、いろんな教授にブルック・キーツについて尋ねたけれど、誰もそんな作家は知らないという。インターネットで調べても、それらしい情報は見当たらない。わかったのは、本を出版しているノーウェア・プレスという会社が自費出版を請け負う出版社だということだけだ。それから十年ほど、出版されたのが二〇一三年という事実以外ほとんど何もわからないまま──「ブルック」という名前だけでは男性か女性かを断言することができない──ブルック・キーツの作品を読んでは刺激を受けてきた。同じ日に出合ったタイメックスのアンティーク時計はいつかどこかで落としてしまった。

ここまでの二十一編に対するブルック・キーツの影響は色濃い。わたし自身も物語を終わらせるのではなく、物語が始まるまでの物語を描きたいと思ってきた。ブルック・キーツがいまの日本に生きていたら、というイメージで書き進めた作品もいくつかある。ありていに言えば、ブルック・キーツがいなければ作家としてのわたしは存在しないに等しい。

いつかブルック・キーツの作品を日本でも紹介したい。そう思ったわたしは自分の短編集に合わせて発表することを思いつき、ノーウェア・プレスのコーポレートサイトから問い合わせを入れた。ブルック・キーツを日本でも知らしめたい。ついては翻訳権を購入したいが、いくらに設定されているのか。短く希望を伝えると、しばらくしてメールが返ってきた。

私は本人ではないのですが、とメールを打ってきた相手はブルック・キーツだと名乗ってきた。ノーウェア・プレスの編集者として働いていると言い、驚くほど安い金額を提示してきた。この販売額は本人の希望によるものです、と書いてきた。わたしは日本の出版社やエージェントを通さず、自費で購入することに決めた。それだけの価値があるという確信があった。一瞬、メールのやりとりをしているブルックはブルック・キーツ本人ではないかと疑ったが、メールだけでも文体が違うと感じ、その疑念はすぐに消えた。言葉の選び方も違った。

出版にあたってブルック・キーツのプロフィールを紹介したいと考えたわたしは、もう一人のブルックにメールで尋ねた。すると、ブルックは「何も答えられません」と返してきた。ブルック・キーツとの契約で、ノーウェア・プレスは「作家本人の性別、生年月日、国籍、出生地、顔写真といった一切の個人情報を明かしてはならない」のだという。ブルックによれば、この契約を破ればノーウェア・プレスは莫大な違約金を支払わなければならず、文末には「実のところ、生存の有無も明かせないのです」と加えられていた。

翻訳を進めるにあたって、男性か女性かがわからない点で少し苦戦した。わたしたちは何か書かれたものを理解するうえで、知らず知らずに性別に依存しているのだろう。十歳のスティーブン少年の心の揺れを丁寧に描いた「クリスマスに雪が降れば」には母性のような深い愛情が感じられ、二人の幼なじみの邂逅《かいこう》を扱った「ひどくみじめな再会」にはいかにも男性的な鬱屈《うっくつ》とした雰囲気が漂っている。十編の作品を英語から日本語に変換していく過程で、「この物語は男性作家によるもの」「こちらの短編は女性作家によるもの」というふうにブルック・キーツは意図的に書き分けているのだという確信が強まった。つまりは、ブルック・キーツ本人が男性か女性かははかりかね、謎はますます深まった。

翻訳をほとんど終えたころ、ノーウェア・プレスのブルックがメールを送ってきた。これだけ長い文章は初めてだった。

これを明かしていいのかどうかは微妙なところですが、実はわたし自身もブルック・キーツ本人と会ったことは一度もありません。本を出版するまで、すべてはメールの往復だけで事足りました。いまもそうです。日本で翻訳権が売れたことを伝えると、「それは良かった」とだけ返信がきました。いまどこにいるかわからないブルック・キーツは――メールを打ってきたのが本人かどうかもわからないのですが――文字どおり無名の作家であり、「歌われない作家」です。それでも、その十編には光るものがあります。わたし自身は最初に読んだとき、「この短編集は話題になる」と直感しました。あなたが感じたように、人生の普遍的な喜びや悲しみが描かれているからです。日本ではしかるべき評価を受けますように。

青春はいちどだけ

わたしたちはそのときまだ十九歳で、瞬く間に恋に落ちて、赤々とした炎のように燃え立つ心をぶつけ合って、たちまち離ればなれになった。一人に戻ったとき、わたしは泣いた。そして気持ちを切り替えようと、肩より伸びていた髪の毛をある時期のジェーン・バーキンみたいなベリーショートにした。

わたしはウェールズのバンゴールという海辺の小さな田舎町から大学で学ぶためにロンドンに出てきたばかりだった。正真正銘のおのぼりさんにとって、生粋のロンドナーであるブレットに心を奪われるのはバンゴールのささやかな通りでレコードショップを見つけるぐらい簡単だった。

キャンパスで初めて出会ったのは新入生歓迎週間のときだ。わたしは同じくウェールズのスウォンジーから出てきたケリスとキャンパスツアーで仲良くなった。紺色のワンピースを上品にまとうケリスがいとこだと紹介してくれたのがブレットだった。左目を少しだけ隠すようなアシンメトリーの髪型が洒落ていて、茶色の大きな瞳と誇らしげに高い鼻が印象的だった。水色のパンプスをさりげなく褒めてくれた声のかけ方はとても自然で、わたしの新生活はみずみずしく始まった。

学部はそれぞれ違ったけれど、わたしとケリス、ブレットとその友人のバーナードは一緒に学食でランチを食べるようになった。ブレットとバーナードはシェアハウスで知り合った仲だった。ロンドンに自宅のあるブレットは早く自立したくて家を出たのだという。バーナードはノッティンガムの出身で、あるとき「ウェールズって人間より羊のほうが多い田舎《カントリー》だよな」と鼻で笑った。その言葉を聞いたケリスはわたしに向かってウェールズ語で「ユーモアがあると思っているのかしら？その頭が悪そうな男だわ」とささやいてきた。わたしもウェールズ語で「同感。自分が生まれた場所も大して都会じゃないくせに」と答えた。

きょとんとしているバーナードを横目に二人でくすくす笑っていると、ブレットがウェールズ語で「僕はウェールズが好きだけどな。小さいころ、家族でスノードニアを訪れたことがある。スノードニア山を登山したよ。帰りは登山鉄道に乗った」と話してきた。わたしとケリスは驚いて目を見合わせた。いとこのケリスもブレットがウェールズ語を操れるとは知らないようだった。それからブレットは突然わたしの両目を見つめて、ウェールズ語で「メーガン、君に恋人はいるの？」と訊いてきた。鼓動が聞こえそうなほど心臓が激しく打ち、何も答えられなかった。自分でも真っ赤になっているのがわかるくらい顔が熱くなっていた。

その日を境に、わたしは週末にブレットとよく出かけるようになった。バッキンガム宮殿、大英博物館、ロンドン塔に連れていってもらい、カムデン・マーケットやポートベロー・マーケットにも足を運んだ。要は田舎者がいかにもロンドンらしい場所を案内してもらっていたのだけれど、ブレットと過ごす時間は疑いようもなく楽しかった。わたしはたいてい水色のパンプスを履いていった。カムデン・マーケットではブレットに初めてプレゼントをもらった。「その長い髪に絶対に似合うよ」と言って、ピンクの花があしらわれたスワロフスキのヘアピンを買ってくれた。

ブレットはどういうわけか野暮ったい少女に相当に興味を持ったらしい。ピカデリー線に揺られている夕暮れどき、隣に座るブレットが「最高のデーティング・ピリオドだ」とつぶやき、わたしはそういうことなのだと初めて気がついた。単なる田舎育ちではなく、一人の女性として見られている――生まれて初めての感覚になぜだか涙があふれそうになった。それから数日後、テムズ川のほとりでブレットに「僕の彼女になってくれないか」と言われ、わたしは小さな声で「イエス」と答えた。わたしはそれまで誰とも付き合った経験がなかった。

わたしの人生は文字どおりブレットを中心に回り始めた。ケリスに伝えると、「そうなると思ってたわ。だってあなたたち、お互いにひと目惚れしてたじゃない」と笑った。先にロンドンに出てきていた姉のメリーと一緒のフラットに住んでいたわたしは、ほどなくブレットが何人かの友人とルームシェアしている住まいに転がり込んだ。バーナードは相変わらずウェールズ出身のわたしたちを小馬鹿にしてきたけれど、ブレットはフェアな人間だった。わたしのウェールズ訛りを決して笑わず、むしろ折にふれて「文化の違いだね」と感心してくれた。

わたしたちはどこにでもいるようなティーンエイジャーの恋人同士だった。向こう見ずで直線的で、ひたすらに愛し合った。二人ともまだ未熟者で、お互いが強い愛を突きつけ続けると、やがて熱が逃げるなんて夢にも思っていなかった。

とりわけ楽しい思い出として残っているのは、わたしが料理をふるまった夜だ。ブレットの友人たちが夜のロンドンに繰り出していて、家には二人きりだった。わたしはウェルシュ・レアビットというウェールズの伝統料理を一生懸命につくった。スライスしたバゲットにのせたチーズソースは少し不恰好だったけれど、ブレットは「おいしいよ」と繰り返してくれた。わたしたちはロンドンポーターをしこたま飲み、いつも以上に陽気な気分になった。

部屋にはブレットのお気に入りのバンドのレコードが流れていた。ペイル・ファウンテンズの『パシフィック・ストリート』というアルバムだ。八つ年が離れている兄から教えてもらったという。わたしたちは「リーチ」という曲に合わせて、大笑いしながら思いきりダンスした。踊り疲れたわたしたちはベッドにばたりと倒れ込み、わたしは「なぜわたしのことを好きになったの?」と訊いた。ブレットは目を見つめたまま「理由なんてないよ。一瞬で心を奪われたんだ。それだけじゃ不満かい?」と言って、スワロフスキのヘアピンに触れた。不満どころか、圧倒的な幸せを感じた。ブレットは「よし、また踊ろう」と言ってもう一度「リーチ」を流し、わたしたちはもつれ合った。「愛と笑いの夜」とはきっとあの時間を指すのだろう。

ブレットの家の洗濯機はずっと壊れたままで、二人でよく暗くなってからスイス・コテージ駅の近くにあるコインランドリー店に出かけた。乾燥が終わるまで木製のベンチに座ってお互いに好きな本を読んだり、課題のレポートを書いたり、ただ黙って手をつないでいたり、子どものころの話をしたりした。

ブレットはサッカー小僧で、アーセナルの熱狂的なファンだった。一度、小さいころにマンチェスター・ユナイテッドとの試合を観戦に行ったとき、自分の席におそらく日本人が間違えて座っていた話を懐かしそうに教えてくれた。「席番のＶＶをＷと見間違えていたんだ。あれはトリッキーで、僕でも間違えたかもしれない」と話すブレットの優しさがわたしは好きだった。テニスコートの半分ほどしかないコインランドリー店だからこそ、二人だけの時間と空間が感じられた。そこには間違いなく青春の喜びがあった。

それでも、どんな恋にも共通するように終わりが訪れる。春が始まったころ、わたしたちはささいな理由の喧嘩が増えた。どこにでもいるティーンエイジャーの恋人同士と同じだ。お互いの時間が合わなかったり、ちょっとした嫉妬だったり、どちらかがわがままを押し通したりが原因だった。一週間ほど口を利かない時期さえあった。それでも、何かの拍子で仲直りし、また笑い合った。

ブレットの誕生日からしばらくたった夏の夜、いつものコインランドリー店で出し抜けに別れを切り出された。ブレットは「僕たちは距離が近くなりすぎたんだ」と言った。わたしはその意味がわからず、現実を受け入れられなかった。「どうして？　別れたくないわ」と泣いて訴えた。ブレットは「このまま続けてもお互いのためにならないよ」と静かに言って黙った。洗濯機のがたごという音が耳障りだった。

それから数日後、わたしはブレットの部屋を引き払った。姉のメリーのフラットに戻ってからもずっと泣き続けた。メリーは「一度も愛したことがないよりは、愛して失ったほうが、どれほどましなことか」と慰めてくれたけれど、十九歳のわたしにはとてもそうは思えなかった。失わないほうがましに決まっている。人生の軸を文字どおり失ったわたしは、誇張なしに心ががらんどうになってしまった。

いずれにせよ、わたしたちの恋はたった十カ月で終わった。わたしはスワロフスキのヘアピンをテムズ川に投げ捨ててどうにか立ち直り、気づけば大学でブレットの姿を見ることがなくなった。ケリスがブレットは哲学を学ぶためにフランスに留学したのだと教えてくれた。その後、わたしはいくつかの恋をした。理由なく始まり、理由なく終わる恋がある真実もよくわかった。

あれから十年以上がたつ。まだ独り身のわたしは家の洗濯機が故障したせいで、別れ話以来にコインランドリー店を訪れている。時間つぶしのために持ってきた本がブレットから借りたままのものだと気づくまでにしばらく時間がかかった。『すべて失われる者たち』というこの本を熱心に読んでいたブレットがいまどこで何をしているかはわからない。大学を卒業したあとはケリスとも音信不通になったから、思いがけない便りが届くこともない。

いまの時代、SNSで検索すればいずれ見つかるのだろう。でも、わたしはあえて探してこなかった。両手で数えられるだけの月のあいだに凝縮された熱っぽさが心の片隅に残っている。つながれば、また燃え上がるかもしれない。わたしはブレットの茶色の瞳に夢中だった。わたしを「メギー」と呼ぶ声も大好きだった。

本を読み進めていくと、一六八ページと一六九ページのあいだに四つ葉のクローバーが挟まっていた。あのころ二人で湖水地方に旅行に行ったとき、ケンダルという街の丘でブレットが見つけ出してくれたものだ。「僕たちがずっと幸せでいられるように」と本に挟んだ。わたしは不意に青春の喜びと悲しみに襲われ、涙を流しそうになる。

誰にも言わない

大学最後の年が近づいた夏、ティム、パディ、ギャズ、リーの四人はリヴァプールに一軒家を借りることになった。リヴァプール出身のリーが兄から「知り合いがバカンスでスペインに行ってるあいだ家が空くらしい。借りる気はないか？」というメッセージを受け取ったとき、パブにいた四人は満場一致で賛成した。リーが「借りたい」と返信するや歓声が上がった。「俺たちのバカンスに乾杯！」とティムが奇声を発した。その日のうちに大まかなプランが決まった。

一カ月ほどロンドンから離れ、リヴァプールを拠点にしてマンチェスターやリーズ、湖水地方やマン島をめぐる。アングルシー島やカーディフなど、ウェールズ行きも視野に入れた。と言っても、綿密にスケジュールを立てたわけではない。それぞれが行ってみたい場所を勝手気ままに挙げただけだ。

四人はいずれも計画性がなく、行き当たりばったりの一カ月となりそうだった。一軒家を格安で借りるのが正式に決まったとき、長身のリーは「あてずっぽうの時間を楽しみたいよな?」と言った。赤毛のティムは「どこにも行きたくなかったらどこにも行かなければいい」と応じ、べっ甲の眼鏡をかけたギャズは「知られた街だとしても、できるだけ踏みならされた場所は避けたいね」と話した。フランス人の祖父を持つパディはふざけた調子で「セ・ラ・ヴィ」と答え、左手の親指と中指でぱちんと音を鳴らした。リヴァプール以外で寝泊まりする可能性もあるから、ボーイスカウトの経験があるギャズがキャンプ道具の一式を用意する。移動手段にはパディの父親のキャンプ用バンが選ばれた。軍隊にいたパディの父親は泊まりがけの狩りを趣味としている。

七月十二日の朝八時、エルム・パークにあるギャズの自宅に集合という約束はさっそく破られた。まったく連絡がつかなかったティムが十時ごろにようやく現れたとき、あらくれた寝癖が理由を物語っていた。ティムは「ごめん。二日酔いがひどくて起きられなかった」とすまなそうに言って、すぐに煙草に火を点けた。待ちぼうけをくらわされた三人は誰も苛立っていなかった。誰かが遅れるのはありふれた出来事だ。ティムを待つあいだパディは「のんびり過ごせる時間ができたな」とあくびをした。三人はギャズの家のリビングルームでゆっくりと紅茶を飲み、煙草をくゆらせていた。パディの父親のバンにガソリンがどれだけ残っているかなんて、誰も気にしていなかった。

それぞれが一カ月分の荷物を大ぶりのバックパックに詰め込んできた。料理や洗濯の道具一式はリヴァプールの一軒家にそろっている。黄色い塗装がところどころはげている年季の入ったバンに乗り込む前、ギャズが「で、一人あたりいくらなんだい?」と訊いた。リーは「賃貸料の話か?

一カ月で六〇〇ポンドだ。土みたいに安い」と答えた。リーいわく、兄の友人夫婦は何も儲けたいわけではなかった。結婚十周年の錫婚式《すずこんしき》を祝うためにスペインを訪れている約一カ月、家の管理をしてくれる人間を探していたらしい。「二匹の子犬の世話もという絶対条件付きだから、ばかみたいに安い値段にしたんだろう」とリーは説明した。三人はそれぞれ一五〇ポンドずつをリーに渡した。ハンドルを握ってガソリンメーターを見たギャズが首を少しかしげながら「まあ、なんとかなるだろう」とつぶやいた。

この日を楽しみにしていた一団は、予定の八時より二時間遅れて出発した。運転はギャズを皮切りに順番で担当する。名前の最初のアルファベット順に一時間ずつハンドルを握る。ルールを決めたのはパディだ。キングスクロス駅近くのパブで計画を話し合ったとき、公平とも言える妙案を出してきた。ロンドンからリヴァプールまではM1モーターウェイとM6モーターウェイを使って約四時間かかる。四人が一時間ずつ運転すれば到着する計算だ。

ロンドンを発った四人は大学に入学したときからの腐れ縁だった。ロンドン生まれのパディとギャズ、イプスウィッチから出てきたティム、リヴァプール育ちのリーは入学の事務手続きの際に親しくなり、すぐに意気投合した。大学生活が始まると授業の合間に煙草をふかしながらくだらない話をしたり、授業後にパブに立ち寄ったり、長期休暇中に旅に出たり——要は濃厚な関係を築いていた。

ギャズが運転するくたびれた黄色いバンがモーターウェイを北上していく。リヴァプール行きのバンはビートルズの独壇場だった。「リヴァプールならやっぱりビートルズだろう？」とパディが音源をかき集めてきた。ギャズは、そんなふうに単純明快なパディが好きだった。大学で初めて会ってすぐに恋に落ち、いまでは誰よりも愛している。誰にでもフェアで、汚れを知らない少年のように純粋で、歴史上の英雄のように正義感が強いパディに心を引かれていた。肩まで伸ばした癖毛にも、宝石のように青い瞳にも恋焦がれていた。甘い果物のような体臭も嫌いじゃなかった。

あっという間に一時間がすぎ、運転手はギャズからリーに変わった。六フィートを超えるリーは窮屈そうに運転席に収まった。北をめざすバンのなかで「アイ・ウォント・トゥ・ホールド・ユア・ハンド」が始まると、ギャズを除く三人が大合唱を始めた。どの歌声も調子っぱずれだったけれど、ギャズはそれがいいのだと思った。楽譜みたいな常識にとらわれず、ありのままに振る舞える友人たちがどこまでもうらやましかった。

運転手のリーが浮かれた調子でハンドルから両手を放し、助手席に座るパディが体を揺らしながらりんごに丸ごとかぶりつき、眼鏡をハンカチで拭くギャズの隣にいるティムは大きく開けた窓の外に向かって大声でわめいている。青春映画みたいな光景を、ギャズはずっと忘れずにいようと思った。

男の自分が男のパディを愛していること。ずいぶんと寛容な時代になったとはいえ、この友情が壊れそうだから自分の気持ちは誰にも言わない。いつだったかパディが「オスカー・ワイルドは好きになれないな」と話していたこともずっと気にかかっている。ギャズの心が少し沈むと「ヒア・

カムズ・ザ・サン」が流れ始め、太陽の光がバンのなかに差し込んできた。

パディは太陽がまぶしくて左手で目を覆う。これが四人で過ごす最後のイベントになる——パディは三年生になる前に大学をやめると決めていた。二カ月前に父親の肺がんが発覚し、古典学を学んでいるどころではなくなった。イギリスでは約二〇分に一人が肺がんで亡くなっているという。親父をやすやすと死なせるわけにはいかない。治療には当然金がかかるし、ナショナル・レイルの車掌を務めていた父に代わって、ずっと専業主婦をしてきた母と十三歳になったばかりの弟を養う必要がある。大学を中退して仕事に就くのが妥当な選択に思えた。俺が大学をやめたら、三人との距離は離れていくだろう。でも、強い絆で結ばれた四人の今後について何かを話すのは野暮だと感じていた。あってほしくない未来を言葉にすると、それが現実になりそうで怖い。かじりつくりんごの酸味が好きになれなかった。

ノーザンプトンを越えたころ、ティムが「ガソリンが切れそうだし、せっかくだからバーミンガムに寄らないか」と提案してきた。誰も訪れた経験がなく、三人が「異議なし」と声をそろえた。スマートフォンで何かを調べていたリーが「運河をナロウボートでめぐるツアーがあるらしい。これに参加してみないか?」と問いかけると、三人が「異議なし」と声を合わせた。バーミンガムで四人は細長いボートに乗り、産業革命期の遺産を見て回った。少し早めの昼食にはバーミンガム名物のバルチカレーを食べた。フランスからの旅行者三人と軽く会話したあと、パディは「さっそく俺たちの冒険が本格化したな」とにやついた。バーミンガムでは三時間ほどを過ごした。

ガソリンをたっぷり補給し、再びバンでの移動が始まった。バンが進むにつれ、四人の口数は減っていった。早起きして眠くなっていたのもあるし、しゃべり疲れてしまったのもある。誰もがしばらく口を閉ざしたあと、リーがふと沈黙を破った。

「リヴァプールにはホープ・ストリートという通りがある。カトリックの大聖堂と英国国教会の大聖堂をつなぐ道だ。観光客向けに『異なる宗教を結ぶ一本道だから、希望を表す〝ホープ〟という名前がつけられた』と言う人もいる。でも実際は、地元の商人の名前にちなんでいるんだ」

『リヴォルヴァー』が大音量で流れ始めた。ギャズは煙草を思いきり吸って、「じゃあ、俺たちは観光客だから『希望の道』って由来を信じよう」と煙を吐いた。リーは曖昧にうなずいた。リヴァプールが故郷だとはいえ、実のところ、強い思い入れはない。両親はもう十年近くも前に交通事故でこの世を去っている。ホープ・ストリートの近くにある叔父の家で疎まれ、暴力を受けて育てられた生い立ちは、誰にも教えたくなかった。左ほおのあざは周囲には生まれつきだと伝えてあるが、実際は飲んだくれの叔父に殴られ続けてできたものだ。俺にとってリヴァプールには希望なんかない。本音を言えば、ビートルズも大嫌いだ。

リヴァプールの一軒家に着いたのは夜の七時すぎだった。独立した二階建てで、メールで受けたとおり、玄関の前にある花壇の下に鍵が隠されていた。リーが「部屋は全部で六つあるらしい」と言うや四人はハイファイブをし合った。家のなかでは二匹の子犬が駆け回っている。道すがら雑貨屋で買った缶ビールで思い思いに喉を潤し、明日の予定を話し合った。誰かが「リヴァプールをうろつこう」と持ちかければ、もう一人の誰かが「マンチェスターまで日帰りしよう」と提案した。

答えが出ないまま、長旅の疲れも手伝い、ギャズ、リー、パディの順番で三人が眠ってしまった。

ティムが今朝、寝坊したというのは嘘だ。昨日の夜、思いがけず彼女のアンジーから妊娠を告げられた。すでに働いているアンジーは産みたいと目を見つめてきた。ティムはまだ学生だから及び腰だった。身の振り方を話し合っているうちに朝を迎え、結論が出ないまま三人との約束の時間が過ぎてしまった。一睡もできず、口実のために無造作に伸びた赤毛にヘアジェルで寝癖をこしらえ、待ち合わせ場所に現れた。実を言うと、リヴァプールに着くまでの道中、ずっと空元気を装っていた。何度かアンジーからワッツアップの着信があったが、とても返答できる気にはなれなかった。

心のざわつきが取れないティムはリヴァプールの空気を吸ってみようと外に出る。思ったよりこぢんまりとした街を散策していると、ホープ・ストリートにたどり着いた。ひっそりとしている通りを歩き終えるまでに三人の売春婦に声をかけられた。一人は赤ん坊を乗せたベビーカーを押していた。ティムは「希望の道」の皮肉を感じたが、この出来事は誰にも話さないと決めた。

仄暗い夜に三人は

イアンはノーザン・クォーターの一角にあるパブで待っていた。サリーは約束を覚えているだろうか。一カ月ほど前、彼女の二十七回目の誕生日の十九時にここで落ち合おうと伝えた。もう一度やり直す気があるのなら、という条件付きで。このパブはお互いの誕生日を祝う際の定番の場所となっていた。お気に入りのホークスのジンジャービールが申し訳程度に残っている。

電気工事士の職を追われて一年がたつ。プロのミュージシャンをめざし街角で歌う機会はなくなった。失業保険暮らしが続く。不安から逃げ出すように夜ごとマンチェスターの街に繰り出し、クラブからクラブへとふらつき歩いた。同じく無職のクレッサとつるんでマリファナを吸い、失業中の現実を忘れようとした。朝方にモスサイドにあるフラットに帰り、マンチェスターでも指折りの美容室で働くサリーと入れ違うようにベッドにもぐり込んだ。

イアン自身もこれでいいと思っていたわけではない。もうすぐ二十六歳になる。遊び暮らす生活では心は満たされない。それぐらい理解できる分別はあるつもりだ。ジョブセンタープラスで仕事を見つけようともしたが、あと一歩が踏み出せず、余計にむしゃくしゃした。

「なんでもいいから、そろそろ仕事を見つけたら?」

ある晩、そう話してきたサリーに苛立ち、イアンは吸い殻でいっぱいになった灰皿を投げつけた。サリーは怒り、中指を立ててきた。なぜか少し前に彼女の同僚のヘスターと寝たことを知っていたサリーは浮気を責め立て、フラットを出ていった。そのまま戻ってきていない。

イアンはサリーが去った悲しみを忘れるように、余計に夜の街に出かけた。フラットにはいたくなかった。自業自得だとわかっていながら、堕落した生活に身を委ねた。週末にはマンチェスター・シティの試合を応援するためにクレッサとともにエティハド・スタジアムに足を運び、大声で憂さを晴らした。

四対一で憎きユナイテッドを叩きのめした日は最高の気分だった。ケヴィン・デ・ブライネが二ゴールを決めた。試合のあと、母親がアントワープ生まれのサリーがこのベルギー人のファンだったなと思い出すと、急に足が重くなった。フラットには戻らず、クレッサを誘ってノーザン・クォーターに向かった。クレッサの顔が利くクラブで大音量の音楽に身を任せたままビールを浴びるように飲んだ。やがて酔いつぶれた状態になると、とてつもなくサリーが恋しくなってワッツアップでメッセージを送った。やり直す気があるなら、君の誕生日の十九時にあのパブでまた会おうと。

薄暗いパブのカウンターの角で、イアンはジンジャービールをまた頼んだ。頭がぐるぐると回る。

サリーがいなければ何も始まらない。サリーがいなければ曲をつくることもできない。イアンはサリーと初めて出会ったときのことを思い出していた。四年前、カフェのコスタで偶然隣の席に座り、ついブレスレットを褒めたところから会話がはずんだ。何度か会ったあと、サリーが「ねえ、私たちならきっとうまくいくわ」と言ってきた。

イアンはジンジャービールを一気に飲み干す。時計の針は二十一時を過ぎていた。ほのかな闇が答えのように思えた。サリーは来ないだろう。イアンにはわかっていた。自堕落な日々を送るうえ、浮気という罪を犯した自分自身が情けなかった。アルコールとともに体ににじみ込む悲しみを感じながら、イアンは明日荷物をまとめてマンチェスターを出ようと考える。使い込んだギターは捨てる。行き先は決めていない。

サリーはロンドンの古びたホテルのバーで、薄暗い灯りのもと赤ワインを飲んでいた。「寂しい誕生日」とつぶやく自分の声はさんざめく音楽にかき消された。約束の時間からもう四時間がたっている。イアンはもう待っていないはず――。

出会ったころのイアンは素敵だった。学がないのを引け目に感じていたけれど、音楽や映画に詳しく、いろいろな刺激を受けた。イアンは自然豊かなマートホールの村で生まれ育ち、ミュージシャンとしてひと旗あげようと十代のころにマンチェスターの街にやってきた。電気工事士として働きながらバスカーとして路上でオリジナルの曲を歌い、プロになる夢を追っていた。

サリーは使い込んだアコースティックギターを夜遅くまで弾いて曲をつくるイアンの背中が好きだった。冬のある晩、イアンは「最高の曲が完成したよ」と言ってきた。「すべて失われる者たち」と題された曲は暗闇のなかのかすかな光のように儚いメロディーが特徴で、サリーはすぐに気に入った。路上で披露した際も、観衆の反応はすこぶる良かった。

二人には手狭なフラットで、よくポップスを聴きながら夕食を食べた。イアンのお気に入りのバンドはスコットランドのトラヴィスで、「ホワイ・ダズ・イット・オールウェイズ・レイン・オン・ミー?」という曲を繰り返し聴いた。「俺には『なぜいつも僕に雨が降りかかるんだろう? 十七歳のときに嘘をついたせいなのかな?』なんて美しい歌詞は生まれ変わっても書けないな」と言って、イアンが突然泣き出した夜を思い出す。そんな純粋さをサリーは愛していた。

けれども、無職になったイアンは急速に色褪せてしまった。音楽への情熱も失せたのか、アコースティックギターはいつの間にかほこりをかぶっていた。濁った瞳で朝方に帰ってくる姿を見るたびに苛立ちが募り、愛情が冷えていった。同じ美容室のヘスターが得意げにイアンと寝たことを告白してきたとき、もう終わりだと思った。働くようにとわざとイアンをたきつけ、イアンが投げつけてきた灰皿がギターに当たって不愉快な音を鳴らしたとき、頭に血が上り思わず悪態をついた。

フラットを出てすぐに美容室をやめた。無神経すぎるヘスターともう働きたくなかったし、再出発を図りたかった。あんなに焦《じ》れ込んだイアンと同じ失業保険暮らしという振り出しにふと苦笑いがこぼれてしまう。しばらくは友人のファビオラの家に間借りすることにした。

イアンのもとを去ってから二カ月ほどたってメッセージが届いた。サリーはその身勝手さに腹が立った。何も返信はしなかった。イアンには二度と会うつもりはない。ただ、イアンが歌うのをもう一度聴きたいと思う自分もいた。

いまサリーがロンドンにいるのは兄のジョンに会うためだ。不幸が続くジョンが心配だった。何日か前に電話したときも、返ってきたのは抜け殻のような相槌だけで、顔を合わせて励ましたかった。今日も何度か電話してみたけれど、声を聞くことはできていない。

バーの淡い暗闇のなか、サリーは四年前にイアンが褒めてくれたブレスレットにそっと触れる。いつかの誕生日にジョンがプレゼントしてくれたものだ。四ツ葉のクローバーが三つあしらわれている。明日の朝、ジョンの家を訪れようと考えながら、ワイングラスを空っぽにした。

ちくしょう、なんて残酷な人生なんだ——そう思いながら、ジョンは煙草に火を点ける。あごを包む無精ひげを左手でなでながら、ざらついた感触をもてあそぶ。ロンドンの外れにあるペンジ・イーストの街は夜に沈んでいた。アレクサンドラ・レクリエーション・グラウンドの端の公園にある滑り台の上に座り、乾いた口にくわえたゴロワーズの先が蛍の光のように点滅する。

五年前、リリーとのあいだに生まれた娘のベスは、一カ月もたたずに天に召された。医師から告げられた「乳幼児突然死症候群」という難しい言葉がずっと頭に刻まれている。自分を責め立てながらなんとか耐えていたリリーはしかし、その一年後、自ら首をくくって命を絶った。大声をあげて泣きながらロープを切り離し、抱きかかえたときのリリーの重さがまだ両腕に残っている。

去年の冬には弟のモーリスがマリファナのやりすぎによる錯乱で交通事故に遭い、帰らぬ人となった。モーターウェイのガードレールに衝突し、即死だった。遺体はモーリスどころか人間の原形をとどめていなかった。

絶望に包まれた自分は一カ月前、印刷工の職で肩たたきを受けた。文字どおり、何もかも失った。涙も枯れた。もう限界だ。

何日か前に妹のサリーが慰めるような電話をくれたが、死にかけた心は立ち直らなかった。サリーは「今度ロンドンに行くから。お願いだから元気を出して」と言った。今日も何度かスマートフォンが鳴った。でも、話す気は起きなかった。電話を無視し続けていると、サリーは「いまロンドンにいるの」とワッツアップでメッセージを送ってきた。妹の優しさは確かにありがたかったものの、同時に息苦しくもあった。同情は鋭い針にもなる。終わりなき悲しみは誰にも癒せない。

さっき行きつけのパブのムーン・アンド・スターズで最後の晩餐だと思いラムのステーキを食べ、ビールを二杯飲んだ。人生を終わらせるにはちょうどいい酔い具合だ。パブではサリーに教わったトラヴィスの「ホワイ・ダズ・イット・オールウェイズ・レイン・オン・ミー?」が流れていた。「なぜいつも僕に雨が降りかかるんだろう? 十七歳のときに嘘をついたせいなのかな?」という歌には共感できる部分とそうでない部分があった。俺は十七歳のときに大した嘘をついていない。それなのにずっと大雨に見舞われているみたいな人生だ。そう思うと、やりきれなさがさらに募った。

夜の底にある住宅街はしんと静まり返っている。ジョンは滑り台の上で欠けた月をじっと見つめている。限りなく黒に近い濃紺の空に、無造作にまいたように星が散らばっている。ジョンは美しいと感じた。

公園の前のレナード・ロードを少し歩けば、ホリー・トリニティ教会がある。救いを求めようと思えばできたが、自分は信心深い人間ではない。でも、死んだらリリーにもベスにもモーリスにも会いたいと思う。正しく言えば、三人に会うために自分は死ぬべきだと考えていた。

両ひざの上には昼過ぎに雑貨屋で手に入れたロープが蛇のようにとぐろを巻いている。リリーと初めて出会ったころのことを懐かしんでは煙草に火を点け、ベスの小さな手の温かさを思い出してはライターをかちゃかちゃと鳴らした。絶望のような闇夜に目を凝らし、めぼしい木にあたりをつけた。

この煙草を吸い終わったらやり遂げよう——そう決めながら、滑り台の足元には死んだ昆虫のような吸い殻がどんどんたまっていた。ジョンが思い出したように吐く煙が仄暗い闇にとけていく。

戻らない故郷

グラスミアに帰らなくなってから、どれくらいたつのだろう。朝の八時すぎ、ノーマンは右手を握って年数を数えようとし、親指、人差し指と開いてやめた。ノッティングヒルのいつものカフェで、いつものベーコンエッグマフィンを食べながら、久しぶりに故郷を思い出した自分に少し驚く。

生まれ育った村には二十年以上帰っていない。大学で芸術学を学ぶためにロンドンに出てきて、そのままこの大都市の出版社に勤め始めた。最初は子ども向けの本を担当し、それからビジネス書を手がけ、いまでは文芸部の部長を務めるまでになった。いくつもの重版出来《じゅうはんしゅったい》という結果を残したし、四十歳を過ぎたいまではひと角の編集者になってずいぶんたつと自負している。ロンドンでは片手で数えられるほどの恋をしてきたが、生涯を誓い合える伴侶にはまだ出会えていない。

苦味の効いたコーヒーを飲みながら、窓の外の風景をぼんやりと見る。通り過ぎる人たちの服装から冬が近づいていることに気づく。もう厚手のマフラーにあごをうずめている女性もいる。

ロンドンに住み慣れたノーマンはグラスミアが心底嫌いなわけではない。豊かな自然に恵まれ美しい湖が点在する湖水地方の観光地であり、何より詩人ウィリアム・ワーズワースの言葉を借りれば「人がこれまで見つけた最も美しい場所」にほかならない。

けれども、といつも考え直す。人生を謳歌《おうか》するには狭すぎる。窮屈《きゅうくつ》と言い換えてもいいかもしれない。ロンドンで仕事を始めて以降、国際ブックフェアを覗きにドイツやイタリア、あるいはフランスを訪れるたびに広い世界に刺激を受ける。そして決まって、両親の営むホテルが廃業したせいで才色兼備だったケイティが大学を中退し——同級生のケイティの両親は小ぶりな郵便局の近くで小ぶりなホテルを営んでいた——いまではグラスミアの土産屋でささやかに働いているという話を思い出して、どうしようもなく残念に感じるのだ。ケイティは勉強もスポーツもできて、ピアノもバイオリンも弾けた。あれほどの才覚があれば、ロンドンでだって華々しく活躍できたはずなのに。

ケイティの話を教えてくれたのは、同じくグラスミアからロンドンに出てきたユージンだ。ときどき仕事帰りに一緒にビールを飲む。戦略コンサルティング会社に勤めるユージンは父親が認知症になったため、月に一度帰省している。ある晩、マーブル・アーチにある秘密基地みたいなパブで「ケイティの親父さんが事業拡大に失敗したんだ。ホテルとレストランを買収したんだけれど、首が回らなくなったらしい」とユージンは教えてくれた。「カレッジ・ストリートにギフトショップがあったのを覚えてるか？　ケイティはあそこで働いている。独身だと思う。一度立ち寄って少し話したけど、ずいぶんと老け込んだし、とても元気には見えなかったな。思うような人生じゃないからだろう」

ノーマンは「大学を出たあとは？」と訊いた。ユージンは「親父さんが自己破産したせいで大学をやめざるを得なかったんだ。親父さんはうつ病になって、ケイティは看病するためにあの村に戻った。オックスフォードにまで行ったのに、まだ人生の道半ばで退屈な田舎に帰るしかなかったわけだ」と答えた。ノーマンはそのとき初めてケイティが大学を中退した事実を知り、心から残念に感じた。ケイティならきっと夢を叶えられたはずと信じていた。

ベーコンエッグマフィンを半分まで食べたノーマンはなじみの店員に声をかけ、コーヒーのお代わりを頼んだ。今日は時間どおりに会社に行く気がしない。あとで『すべて失われる者たち』という短編集の仕上げにかかっている作家のオフィスに立ち寄るとでも連絡を入れておこう。ノーマンはユージンの言葉を振り返りながら、ケイティが沈むような表情を浮かべた場面を思い出していた。

ケイティの十四歳の誕生日の数日前、学校帰りにブロードゲイト通り沿いにある広場に向かった。ユースホステルと村役場の中間くらいにある広い原っぱに並んで座ると、ケイティが「このあいだ、面白い映画を観たの」と切り出してきた。

「マリアンヌ・フェイスフルって知ってる？」

「誰だい？　聞いたことないな」

「特に六〇年代に活躍した歌手で女優よ。ミック・ジャガーの恋人だった時期もあるみたい。夜遅くテレビをつけたら、そのマリアンヌが出ていたの。とても若いころの作品で、『あの胸にもういちど』という名前の映画だった」

「どんな映画なんだい？」

「不倫相手にオートバイに乗って会いにいく話よ。ただそれだけ。でも、ラストシーンが衝撃的なの。愛とか人生について否応なく考えさせられたわ」

「どんな結末？」

ケイティは少し黙って「それは言えないわ」と空を見上げた。「結局のところ、神さまはいるかもしれないし、いないかもしれないってことよ」とつぶやき、「わたしは信心深いのかしら？」と口元を緩めた。

ノーマンはまだ幼すぎて、ケイティの言葉の意味がわからなかった。少し悔しくて、芝生をちぎって遺灰のような色の空に向かって投げた。ところどころ枯れた芝生は柔らかな風に吹かれ、頭の上を過ぎていった。ケイティはひざを抱えてうつむいていた。

それからケイティは「パパとママにホテルを継いでほしいと言われているの」と話した。「いくらなんでも気が早すぎるわよね。それに、わたしはわたしの人生を生きたいわ」。今度はケイティが芝生を空に向かって投げた。ケイティの沈むような表情が合図のように雨が降り出す。二人はかばんで頭を覆い、大きな木の下まで駆けていって雨宿りをした。

小雨が降り続くなか、ノーマンは「ケイティ、十四歳の誕生日をお祝いするよ」と言った。ケイティは「ありがとう。何をプレゼントしてくれるの？」とかすかに笑った。「誕生日までの秘密だ」

と答えてケイティの顔を見ると、そのほほ笑みはどこかもの悲しい感じがした。

ノーマンはいまでもあの寂しそうな笑顔の意味がわからない。ケイティは何かに怯えていたようにも見えた。でも、その何かがなんなのかは四半世紀近くがたったいまも見当がつかない。

見捨てた場所の細切れの記憶に戸惑いながら、ノーマンは自分が帰らない本当の理由を再確認する。子どものころ、両親が大喧嘩の末に離婚した。父はグラスミアを出た。いまどこにいるのかはわからない。母は自分が大学二年生のときに再婚し、ウィンダミアに引っ越した。ノーマンは生まれた理由が砕かれた感覚を抱き続けてきた。だから、故郷にはもう戻らない。

生まれ育った場所との結びつきをもう一度断ち切ろうとして、ノーマンはやはり思い出す。二十五年ほど前の風の冷たさを、いまだに覚えている。

ケイティの十四歳の誕生日の出来事だ。放課後、ケイティの家に寄った。ケイティの両親はホテルを営んでいるから、遅くまで帰ってこない。ノーマンはケイティに誕生日プレゼントを買っていた。ケイティはポップスに目がないと聞いていたし、母親の影響でCDではなくレコードをたしなむことを知っていた。だから、もう何カ月も前からとびきりのレコードを選んであげようと考えていた。

季節が秋に変わったころ、丘の上にあるユースホステルで働く兄のトムに会いに行くと、受付のラジオから子どもたちの声と跳ねるようなピアノの音が聞こえてきた。美しい曲とは裏腹に「死」という言葉が出てきて不吉な感じがする。それでも、「もし不安な気持ちになったら、偉い神父さんに会いに行きなよ」と淡淡しく歌われる歌詞に引きつけられた。ラジオを聴き続けていると、バンドの名前はベル・アンド・セバスチャンといい、もうすぐ『イフ・ユー・アー・フィーリング・シニスター』というアルバムが出ることがわかった。ノーマンはそのレコードをケイティにプレゼントしようと決めた。

発売日当日、ノーマンは中学校をさぼって電車で一時間ほどかけてケンダルの街まで行った。タウンゼント校長に怒られるかもしれないなんてお構いなしだった。十二時にドアが開くとすぐにレコードショップに入り、お目当ての一枚を手に入れた。赤いジャケットの写真に使われている物憂げな女の子がどことなくケイティに似ている。帰りに駅の近くのリサイクルショップに立ち寄り、フレッドペリーのグレイのカーディガンを手に入れた。五ポンドと手ごろな値段だった。袖口は頼りなくほつれ、ボタンも一つ外れていたけれど、ちょうどカート・コバーンが着古した一着のように思えてひと目惚れした。

ケイティの誕生日の夕方、オレンジ色の花柄のカーテンが印象的な空間でレコードに針を落とす。ケイティの部屋で四十分あまり、二人は静かに耳を傾けていた。レコードが終わると、ケイティが「夏の水しぶきみたいなアルバムね。気に入ったわ」と言い、ノーマンは浮き立つような幸せを感じた。それから二人は外に出て、ロゼイ川のほとりを並んで歩いた。ノーマンはケイティと手をつなぎたかったが、パンツのポケットにずっと両手を入れたままだった。

ワーズワースの墓地がある聖オズワルド教会のすぐそばで、歩き疲れた二人は川辺に座った。好きなレコードを五枚ずつ順番に教え合い、訪れたい国の話をし、将来の夢を語り合った。ケイティは医師になりたいと話し、ノーマンは小説家になりたいと言った。ケイティはお祖父さんとお祖母さんをがんで亡くしていて、「だから人を救う仕事がしたいの」と歯切れよく誓った。ノーマンは「ケイティならきっといい医者になれるよ」と伝えた。

お代わりのコーヒーが熱を失いつつある。ノーマンはベーコンエッグマフィンがのっていた皿に残る無数の粉を見つめている。ケイティは誕生日の翌日、「昨日もらったベル・アンド・セバスチャンのアルバム、あれは一生もののお気に入りになりそうよ」と言ってくれた。ノーマンはケイティはいまもあのアルバムを聴くことがあるのだろうかと考えた。そして、故郷には戻らないと決めた自分はもう二度とケイティに会うことはないのだろうと思った。

あのころ、ノーマンはケイティのことが好きだったし、ケイティからの好意を感じてもいた。でも、お互いに口にはしなかった。憧れる未来について話に花が咲いたあと、二人は黙ったままずっとロゼイ川の澄んだ水面を見つめていた。不意に冷たい風が吹き、ノーマンはこの時は永遠には続かないのだと不安な気持ちになった。

大事な話があるの

異国で迎えた日暮れどき、ペンション・マリエのベッドに横になったアンディは「チェスキー・クルムロフ」とゆっくりとつぶやき、まじないの言葉を唱えているような気分がした。自分の声が誰かの声のように聞こえた。バスでの移動の疲れを和らげようと、ティナはシャワーを浴びている。アンディはあごひげをなでながら天井をぼんやりと眺め、雨が降っているみたいだと思った。まだダブリンにいるような感覚がする。

ダブリンを発ち、チェコをめぐる旅。九月の初めに日常を忘れようと飛行機に乗った二人は、ともに夫婦関係が壊れていた。アンディのもとからはビリンダが去り、ティナはニールから離れていた。どちらも離婚はしていないけれど、アンディとティナが関係を持ってから二年近くがたっていた。二人でダブリンを出るのは今回が初めてだ。

プラハを二日間観光し、長距離バスでチェスキー・クルムロフにやってきた。バスの発着場からは少し歩いた。中世の町並みが残る世界遺産を訪れようと言い出したのはティナだ。ずっと絵本に出てくるような通りを歩いてみたかったと目を輝かせ、「滞在中に三十三歳の誕生日が来るのよ」と話した。アンディはプレゼントに指輪を買ってきていた。雰囲気のいいレストランを見つけて、明日の夜、ささやかなバースデーパーティーを開いてあげよう。こっそり地元の誰かにお薦めのレストランを訊いてみるのも悪くない。アンディは煙草を吸いに外に出たいと思いながら、そう計画していた。

アンディは起き上がりベッドに座った。テーパードパンツの右ポケットに手を突っ込み、ジョン・プレイヤー・ブルーの箱を取り出す。みじめにへこんだ箱を開けると、煙草は一本も入ってない。アンディは舌打ちして空っぽの箱をぐしゃりと握りつぶし、ごみ箱に向かって放り投げた。ウェイン・ルーニーのループシュートみたいに綺麗に入る軌道を見たアンディは「この旅行はついてるな」と思った。ずっしりとした煙を肺の底まで吸い込みたくて口寂しい感じがしたが、チェコ製の煙草を試してみるのも悪くないと前向きに考えた。近くに煙草を買える場所はあるだろうか。

部屋の椅子にはティナのトレンチコートが無造作にかけてある。その上にはいい加減に下着が脱ぎ捨ててある。ベージュのコートはついこのあいだ、友人に会いにマンチェスターに出かけたときに買ってきたものだという。ティナはうれしそうに「えりがないデザインと、春にも秋にも着られる軽さが気に入ったの」と話した。

アンディはティナがバスルームから戻ってきたら煙草を買いがてら一緒に外に出てみようと考

え、ティナのコートをクローゼットのハンガーにかけた。下着はベッドの上にそっと置いた。煙草の代わりにやけどしそうなくらい熱いコーヒーが飲みたいと思い、ペットボトルの水を電気ケトルに注いでスイッチを入れた。

シャワーを浴びているティナは「そろそろピリオドを打つべきなのかもしれない」と考えている。もちろん、アンディのことは好きだ。一緒にいて楽しいとも思う。けれども、お互いに結婚生活が破綻しているとはいえ、二人とも不倫を続けているつながりは適切には思えない。アンディがどこまで真剣なのかもわからない。だから、あの決断をしたのだ。

レイチェルの例も頭をよぎる。高校時代の友人のレイチェルは長い浮気がばれ、離婚した。落ち込みながらも不倫相手との結婚を夢見たが、向こうは本気ではなかった。結局、夫も恋人も失ったレイチェルはいま、一人寂しくマンチェスターのマッチ箱のようなフラットで暮らしている。離婚判決が下されるまでに疲れきったレイチェルはずいぶんと老けたし、見るに耐えないほどやせてしまった。三歳の息子は父親と生活すべきという裁判所の決定も影響しているかもしれない。

ティナにはアンディに打ち明けるべきことがあった。チェコを選んだのは、古びたダブリンの日常から離れて真実を告げたかったからだ。もぐらの絵本が大好きで、子どものころから黄金のプラハに憧れていた。夢にまで見た場所で、人生を左右する告白をすべきなのだと心を決めてきた。

ダブリンからプラハに到着した夜、二人はカレル橋をゆっくりと歩き、出会ったころの思い出話をした。アイルランド国立図書館の司書として働くティナは、館内でアンディをときどき見かけていた。凛々しい眉毛と青く澄んだ両目が印象的で、俳優のジュード・ロウに似ていると気になっていた。

あるとき、マイケル・マクラバーティに関する論文が載っている研究書を探していると声をかけられた。ティナが「その作家なら、わたしは『ファザー・クリスマス』という短編が好きですよ」と言うと、アンディはにっこりとうなずき、その晩、テンプルバーの古めかしいパブでばったり出会った。ともに同僚二人と息抜きにやってきていた。アンディが「今日、図書館でお話ししましたね」と声をかけた。ティナが「いいえ、人違いでは?」と肩をすくめて冗談を言うと、二人は軽やかに笑い合い、空気が一気になごんだ。

会話は軽い自己紹介から始まった。アンディはダブリンシティ大学で講師を務めているという。お互いにコークの街で生まれ育ったことを知り、意気投合した。話してみると、七歳違いの二人はともに聖フィン・バレズ大聖堂の近くに生家があり、同じロックボロ小学校に通っていた事実がわかった。そろってミスタ・スペクターの教え子であり、他人とは思えない感じを抱いた二人は同僚を置き去りにし——同僚同士もいい雰囲気だった——どういう流れかほろほろと酔った頭でサミュエル・ベケットの戯曲『ゴドーを待ちながら』に対する解釈をお互いに披露した。アンディは「キリスト教の観点から言って、ベケットの作品に登場する人物の何人かが立てない点は無視できないんだ」と話し、その理由を熱っぽく解説した。

突然、パブに轟音が鳴り響いた。二人は目を合わせて「マイ・ブラッディ・ヴァレンタイン!」

と声をそろえた。話をしてみると、アンディもティナもダブリン生まれのこのバンドがお気に入りだった。アンディはティナの耳元に顔を寄せ「ファーストアルバムの『ラヴレス』は名盤だ」と言った。今度はティナがアンディの右耳に顔を近づけ「同感よ」と伝えた。ベケットの話をしながら耳を傾けていると、『ラヴレス』が流れていることがわかった。二人は音の洪水に身を委ね、お互いに気を引かれている感覚を味わっていた。ティナはアンディとキスをしたくなった。けれども、軽い女と見られたくなくてしなかった。パブではそれぞれ既婚者であることは明かさなかった。

故郷と文学と音楽の話で大いに盛り上がった関係は、やがて倫理に反する時間に変わっていく。穏やかな性格のアンディと会う回数が増え、いつしか恋仲になった。ティナは夫のニールの暴力に耐えられず、別々の生活を送っていた。決まって「反省している」と告げてくるニールはダブリンの北側に、これ以上傷つきたくないティナは南側に住み、月に一度だけ近況報告をするために一緒にリフィ川のそばにあるレストランで夕食をとった。結婚して八年がたつニールとのあいだに、子どもはいない。

自分が出した結論に罪悪感がなかったわけではない。けれども、自分とアンディが子どもをもうけていいとは思わなかった。匂いに敏感になり、胸のむかつきが続いて、それがわかったとき、アンディに相談すべきではないとも感じた。ティナは一人で産婦人科に足を運び、一つの命を消した。その晩は眠ることができなかった。涙は流れなかった。

いつ罪を告白すればいいのだろう——ティナは迷っていた。プラハでは言えなかった。どんな答えが返ってくるにせよ、二人の関係はきっとねじれるはずだ。シャンプーを流そうと顔を上げると、シャワーのお湯で口の周りが覆われ息苦しくなって、ティナは今日ここで、何事もないように告白すべきなのだと腹をくくった。明日は自分の誕生日だ。ニールとよりを戻すつもりはまったくなかったけれど、誕生日の前に決着をつけたかった。

バスローブをまとって部屋に戻ってきたティナがアンディに「夕食はどうする?」と声をかける。長い髪は濡れたままで、どしゃ降りに遭ったみたいに見える。アンディは「なんでもいいよ。ペンションの近くにいくつかレストランがあったね。できれば、地元ならではのものを食べたいな。ビールも楽しもう」と答えた。ティナは旅行かばんのなかから新しい下着を取り出した。アンディは「その前に煙草を買いに行ってもいいかい?」と続けた。

下着姿のティナはほほ笑んでうなずき、バスルームに戻って美しいブロンドヘアを乾かし始めた。アンディはヘアドライヤーの音が何かを修理している物音のように聞こえると感じながら、インスタントコーヒーにお湯を注いだ。コーヒーの香りを嗅ぎ、どうしようもなく煙草が吸いたくなった。

実のところ、アンディはティナとの関係をより真剣に考えていた。性格がどうにも合わずにビリンダとの夫婦関係は冷えきっていた。ビリンダは自分の両親の助けを借りて生活するため、故郷のリメリックにすでに移り住んでいる。気の強いビリンダについていった二人の息子たちはたくましく育っている。自分がいなくても三人でやっていけるだろう。ティナにその気があるのなら、正式に離婚してもいいと思っている。この旅行では、ティナの気持ちを確認するつもりでいた。

ウィリアム・モリスのテキスタイルでつくられたドレスに着替えたティナはベッドに腰かけ、背中をぴんと伸ばし「ねえ、大事な話があるの」と言った。アンディは黙ってうなずいた。ティナの表情は硬い。吉報を聞かされる気はしなかった。アンディはティナのドレスの胸のあたりで苺をついばむ鳥を見ていた。

長い沈黙のあと、ティナが告白する。

「実はわたし、あなたの子どもができていたの。でも、いろいろと考えて堕ろしたわ。いいでしょ?」

アンディは何も言わなかった。何も言えなかった。自分の手が震えているのに気づいた。右手のコーヒーが小さく波打っている。ティナの顔を見ることができない。ベッドの上に置いたままのティナの用済みの下着に目をやった。心臓が止まったような気がする。現実を変えるまじないの言葉があればいいのにと天を仰いだ。

ひどくみじめな再会

はちみつ色の家々が並ぶ村が点在するイングランドのコッツウォルズは、時が過ぎるのを忘れたかのような場所だ。二十一世紀になってだいぶたつというのに、ロマン主義の風景画のごとく古き良き時代を感じさせる。中世の面影と恵まれた自然を目当てに、世界中から観光客が訪れる。

けれども、その村の一つのバイブリー——十九世紀の芸術家ウィリアム・モリスが「イングランドで最も美しい村」と褒めたたえた場所だ——で生まれ育ったマイルズにとっては、ひどく退屈な田舎でしかなかった。石造りの家屋《かおく》が軒を並べ、イギリスのパスポートカバーの内側に描かれているアーリントン・ロウも古びた狭い路地にしか思えない。マイルズからすれば、そばを流れるコルン川もありきたりな小川にすぎない。見飽きた川を泳ぐ白鳥たちや鴨たちにも心は動かされない。何もかもが殺風景だ。ひらけた空とは対照的に、どこまでも行き詰まった感じがする。

マイルズは中学校を卒業したあと、十六歳から煉瓦職人の道を歩んできた。ちょうど十年がたつ。

相応に腕を上げたプライドはある。だが、それ以上でもそれ以下でもない。誰も気に留めないような作業を、汗をしたたらせながらひたすらに続けてきた。はちみつ色のコッツウォルズストーンを煉瓦に変えていくだけの人生。煉瓦を建物に変身させることのない人生。代わり映えのしない毎日は息が詰まる。ため息をもらすかわりに、肺のずっと下のほうまで吸い込んだ煙草の煙を思いきり吐く。

十年前、村を出て高校に進む選択肢を考えなかったわけではない。勉強はできないほうではなかった。いずれロンドンあたりに出て何かしらでひと旗あげたい思いもあった。ただ、女手一つで育ててくれた母親に自閉症の兄ショーンを任せきりにする生き方はどうにも無責任に感じられた。自分が稼ぐしか打つ手がない。父親代わりの叔父の跡を追って煉瓦職人になった。コミュニケーションがうまくとれず、集団にもなじめないショーンは障害者雇用プログラムを使っていくつか仕事を見つけてきたが、どれも長続きしなかった。三十歳を過ぎたいまは部屋に引きこもっている。

ある秋の夕方、年代物の灰色のトラックでスワン・ホテルのそばを通ると、懐かしい顔を見かけた。モデルのようにすらりとした女性を連れているのは、三歳か四歳のころに公園の砂場で出会って以来、中学を卒業するまで大親友だったサイモンだ。栗色の髪の毛と背筋をぴんと伸ばした姿勢があのころのままだからすぐにわかった。サイモンはマイルズとは対照的に高校進学を理由に村を離れ、その後はブリストルの大学にまで行った。上品に濃紺のスーツを着こなしている。身長は六フィートを超えているだろうか。ずいぶんと上背が伸びた。五フィートとちょっとのマイルズはトラックを降りたら、だいぶ見下ろされるだろうと感じた。

「よお、サイミー。元気だったか?」

マイルズが橋の上でトラックを停めて声をかけると、サイモンは一瞬驚いた顔をして、ぎこちなくほほ笑んだ。隣の女性は奥さんで、父親の体調が良くないからロンドンから帰省してきたばかりだという。モートン＝イン＝マーシュ駅からタクシーで帰って来た二人は大ぶりのスーツケースを引いていた。

サイモンは十年ぶりの再会に戸惑っていた。久しぶりに帰省してきた故郷バイブリーのコルン川をまたぐ短い橋の上で、ばったりと出くわした旧友。十年ものあいだ距離を置いていたら、ほとんど他人も同然だ。それなのに、マイルズは自分を愛称で呼び、軽々しく声をかけてきた。まるで昨日も会っていたかのような調子の良さだ。物心がついたころから村を出るまで双子のように一緒に過ごしていたマイルズはただし、すっかり変わり果てていた。

錆びついたトラックの運転席から顔をのぞかせ、「煉瓦職人をやっているんだ」と話すマイルズの頭髪はいくらか寂しくなっていて、逆に無精ひげがむさくるしかった。吐き気がするほど煙草の匂いがする。十年も会ってないのに、気後れするほどなれなれしく話しかけてきた口ぶりに少し苛立ったのは、マイルズのせいだけではない。マイルズに見つかったいまの自分に不満があるからだということはわかっていた。

「親父さんは病気か? 大丈夫なのか?」

「ああ、心配は要らないよ。少し体調を崩しただけだ」

「そうか。おふくろさんはもう亡くなっているんだよな？　なんなら俺がたまに様子を見にいってもいいぞ」

「ありがとう。でも大丈夫だ。僕がときどき様子を見に帰ってくる予定だ」

「じゃあ、いつか一杯やろう」

「いいね。キャサリン・ホイールに行ってみたかったんだ」

「そうだな。この村でパブといったらあそこしかない。ビールは飲むほうなのか？」

「嫌いじゃないよ。ワインもよく飲む」

「洒落てるじゃないか。確かキャサリン・ホイールはワインもよくそろえていたはずだ」

「わかった。今度帰ってきたときに飲みにいこう」

「今度？　俺は今日でも明日でもいいんだけどな」

　マイルズが猥雑に笑うと、サイモンは何も答えずに下を向いた。「いまはどんな仕事をしているんだ？」とマイルズが訊いてきた。

　サイモンの妻のヴィヴィアンは、幼なじみと夫が会話を交わしているあいだ、居心地の悪さを感じていた。二人のほうには目を向けず穏やかな川の流れを見つめながら、地元に残ったマイルズという男と田舎を離れたサイモンとのあいだには埋め難い距離があるように感じていた。サイモンの様子を見ればわかる。早く話を切り上げ、いますぐにでも立ち去りたがっている。十年という年月が、親友をまるで赤の他人同士に変えていた。

「ロンドンの広告代理店で働いているんだ」

　サイモンがそう話したとき、ヴィヴィアンは夫が見栄を張っているのだと思った。正しくは「働いていたんだ」と言わなければならない。二カ月ほど前、会社の人員削減のあおりを受けて、サイモンは職を失っていた。父親の体調が良くないという話も嘘だった。再就職はすぐには決まらず、再出発を図る前にひと息つこうと故郷に戻ってきたのが真相だ。

「活躍してるんだな」とマイルズが感心しながら煙草をくわえた。サイモンに向けて煙草の箱を差し出してきたが、サイモンは断った。ずいぶん前に煙草はやめていたし、長居したくなかった。ヴィヴィアンをずっと放っておくのも気が引けた。

　それでも、マイルズは話をやめなかった。煙草の煙を気持ち良さそうに吐きながら「覚えてるか？」と言った。「中学のとき、まさにこの橋の欄干《らんかん》に座って二人でギターの練習をしたよな？　夏祭りで一曲だけ演奏させてもらえることになって、あのときの俺たちは真剣だった」。サイモンは「忘れるわけがないよ」と答えたが、本当はほとんど覚えていなかった。夏祭りの記憶はあるものの、橋の上での出来事は思い出せない。

　マイルズが昔話をしているあいだ、サイモンはなぜ「働いている」と嘘をついたのだろうと自分を恥じていた。マイルズとは気心の知れた仲だったじゃないか。首を切られたとまでは明かさなくとも、仕事を辞めたばかりで出直しをしようとしているところだと言って構わなかったはずだ。誰にでもフェアで誠実なあのマイルズがいまの自分を馬鹿にするはずがない。

そう考えるとサイモンは、二カ月も職を失っているのに、わざわざスーツ姿でうわべを飾って帰郷してきた自意識をやましく感じた。スーツをまとういまの自分は、実は世のなかに強く求められていない――懸命に働く幼友だちの前で精いっぱい取り繕っている自分が、どうしようもなく情けなく思えた。ひどくみじめな気分になった。気づくと、自分のふがいなさを隠すようにロンドンでの生活について饒舌に語っていた。そんな気は全くないのに、「今度ロンドンに遊びにきてくれよ」と誘ってまでいた。

サイモンが話すいかにもロンドン的な抑揚と発音の話しぶりに耳を傾けながら、マイルズは二人で音楽に打ち込んだ日々を思い出していた。中学に入ってすぐ、暇を持て余していた二人は、サイモンの兄のポールとその友人のウィルコから型落ちのアコースティックギターを譲り受けた。代わりにポールとウィルコには地元のフットボールクラブ、ボートン・ローヴァーズのホーム戦のチケットを三試合分渡した。

最初にカバーしたのはレディオヘッドの「クリープ」だ。二人ともお気に入りの曲で、ポールとウィルコの手ほどきを受け、完璧にものにするまで三カ月ほどかかった気がする。学校の音楽室で、サイモンの家の納屋で、スワン・ホテルの前の橋で、コルン川のほとりで、とにかく練習しまくった。そろって「僕も特別な存在だったら良かったのに。君は死ぬほど特別すぎるから」と大声でわめき、「まったく、こんなところで何をしているんだろう、ここは僕の居場所じゃないのに」とのびやかに歌うのが大好きだった。夏祭りでもこの曲を披露した。観客はまばらだったけれど、めずらしく雲一つない青い空に向かって歌い上げているあいだは最高の気分だった。演奏後はささやかなデビューを祝って、二人でこっそり五〇〇ミリの缶ビールを開けた。

懐かしい記憶に浸っていたマイルズが「そういや、あの夏祭りで」と言いかけると、サイモンが突然「ごめん、そろそろ行かないと」と話をさえぎった。昔と同じように接してくれるマイルズに対して嘘をつき、あまつさえロンドンでの生活を鼻にかけて話した自分をみっともなく感じていた。同時に夏祭りで「クリープ」を演奏した時間を思い出していた。レディオヘッドの曲なのにマイルズは一張羅だと言ってブラーのTシャツを着てきて、サイモンは大笑いした。場違いな衣装で張りきっているマイルズに向かい「君は死ぬほど特別すぎる」と言い放ってやった。「クリープ」はいまでも好きな曲だ。

置いてけぼりをくらったようなマイルズはアクセルを踏めずにいる。家に戻ったら「クリープ」を大音量で聴きたいと思った。サイモンが働いている広告代理店がどんなところなのか、マイルズには想像がつかない。けれども、凛としたスーツ姿や小粋な口調からは充実した人生がうかがえた。わずかに甘い香水の香りもした。マイルズはハンドルを握る汚れた手を見つめ、ひどくみじめな気分になった。

川はいつまでも流れている

リズはとにかくロンドンから離れたかった。ロンドンの喧騒に身を置いていると、終わった恋と始まらなかった恋をいつまでも引きずってしまいそうだった。自分は結婚まで考えていたミックを裏切った。おまけに幼なじみのローレンスまで傷つけてしまった。終わろうとする秋とともに忌まわしい自分を置き去りにしてどこかに逃げなければ心が完全に砕けそうだった。

父親が営む小さな出版社に勤めるリズはだから、十日間の休みをもらい一人旅に出ることにした。誰も知らない場所で自分の心を整理したい。小学生のころに母親からもらった地図を眺めていると、コッツウォルズ地方の町や村の名前が目に飛び込んできて、中世の雰囲気が残る場所をめぐることに決めた。

パディントン駅から一時間半ほどで着く。現地での移動はタクシーを使うことにした。調べてみると、車で三十分あまりの移動もありそうだから、相応の費用がかかる。でも、出費がいくらかさもうと構わない。むしろ散財して何もかもゼロにして再出発したかった。電車内の時間つぶしにと、グレアム・スウィフトの『ラストオーダー』のペーパーバックをカリマーの青いバックパックに忍ばせた。

けれども、モートン＝イン＝マーシュ駅までの車内で『ラストオーダー』を開くことはなかった。どうしても本を読む気にはなれない。パディントン駅で買ったコーヒーは温かさを失ってしまった。車窓を過ぎる風景をぼんやりと眺めながら、否応なくミックとローレンスのことを考えてしまう。窓にかすかに映る自分の顔を見て思い出す。二人とも両方のほおに広がるそばかすを褒めてくれた。リズは二人を苦しめたのに、甘い記憶に浸っている自分の身勝手さに苛立った。自分は何かしらの成敗を受けなければならないと感じている。

最初の二日と半日は、ブロードウェイの村でゆっくりした。小ぶりなホテルのスタッフが教えてくれたレストランで食べたフィッシュ・アンド・チップスは絶品で、結局、二日連続で味わった。二日目の昼食後、片道一時間ほどかけて丘を登り続け、ブロードウェイ塔を訪れた。控えめな塔にたどり着いたとき、目の前には晴天が広がっていた。くもったままの自分の心に対する皮肉のように感じた。行きも帰りも前日の大雨のせいでぬかるんだ地面で足を何度か滑らせた。ひれ伏すように転び、繰り返し尻もちをついたせいでジーンズは泥だらけになった。キヤノンの一眼レフカメラもしっかりと汚れてしまい、泣きたくなった。でも、往復二時間以上もかかった道のりは自分に対する罰なのだとも思った。

それから、シェイクスピアの生誕地として知られるストラトフォード・アポン・エイヴォンで二日間過ごしたあと、行き当たりばったりの旅行の行き先はボートン・オン・ザ・ウォーターに決まった。「コッツウォルズのベニス」と呼ばれるとおり、美しい水路を目当てに観光客が集まる。リズはできるならば自分を苦しめている出来事を水に流したかった。

リズがミックと出会ったのは二年ほど前だ。四歳から二十年以上の付き合いのローレンスが紹介してくれた。ローレンスとミックは大学時代の友人だった。同じ出版業界だから話が合うんじゃないか。ローレンスはそんなふうに言っていた気がする。

ミックはいくつものロングセラーを繰り出してきた腕利きの編集者だという。「見た目は野生味と上品さを兼ね備えたユアン・マクレガーだ」とローレンスはメールを打ってきた。リズは「嫌いじゃないわ」と応答した。

初めて会ったのはピカデリー・サーカスのイタリア料理屋だ。同僚のケイトを連れてきたミックはサイドを軽く刈り上げ、美しい扇《おうぎ》の形をしたひたいを自慢げに見せるようになでつけた髪型で知的さを感じさせた。実際にミックは豊かな教養を携えていた。ジョン・ミルトンの『失楽園』について、保守党の問題点について、ケン・ローチの映画の魅力についてよどみなく話した。「ｍａｉｌ」と「ｍａｌｅ」をかけた言葉遊びで場を盛り上げるなど、ユーモアも持っていた。

リズはすっかりミックに魅了された。ローレンスとケイトもそれなりに盛り上がっていたようだ。艶《つや》やかな赤毛をあごのラインでそろえたケイトは「恋愛とは」とか「男の人って」とか話していて、なかなかに浅い人間に見えた。リズは人のいいローレンスがうなずきながら薄っぺらい話を真剣に聞いているのをちらりと見て、彼らしいわと思った。リズとミックは店を出がけに連絡先を交換した。別れてすぐ、ベーカールー線に乗り込んだリズが「今日は楽しかったわ。また会いましょう」とワッツアップで連絡すると、ピカデリー線へ向かったミックは「明日の夜はどう?」と返してきた。リズはすぐに「いいわ」と返信した。恋が始まる予感がした。

翌日、二人はオックスフォード・サーカスで落ち合い、日本食のレストランでディナーを楽しんだ。店内に流れるブルースっぽい音楽が気になっていると、ミックがボブ・ディランの「川の流れを見つめて」という曲だと教えてくれた。ミックは「僕たちが生まれるだいぶ前にできた歌だ。歌っている内容は『風に吹かれて』に似ているかもしれない。つまり、目に見えないものがいつも答えなんだよ」と話した。リズが「ずいぶん哲学的ね。求めているものが常に目に見えないなんて、生きるって大変だわ」と言うと、ミックは「そのとおりだ。そのつらさを紛らわせるために人は誰かを必要としているんだと思う」と答え、手を握ってきた。リズの心は溶けそうになった。

何度か会ったあとミックから正式に交際を申し込まれ、リズは快く受け入れた。すぐにメッセージを送ると、ローレンスは「おめでとう」という短い祝福に、「実はこっちはもうケイトと付き合っているんだ」と加えてきた。

リズは自分のなかに湧き上がる感情に折り合いをつけられなかった。ローレンスは昔からの大好きな友人だ。近所の公園の砂場で初めて出会ってから一度も恋心を抱いたことはないと思う。けれども、ゆっくりと言葉を分解していくと「大好きな」という形容詞だけが残り、あるいは自分は嫉妬しているのかと胸が詰まった。

幼なじみのローレンスに恋人ができた。心から祝ってあげるべきなのに、リズはむしろ怒りすら感じていた。自分ではなく、知り合ったばかりの、率直に言って賢そうには見えないケイトを選んだローレンスに腹が立った。

自分にはミックという恋人ができたばかりなのだから、ずいぶんと身勝手だとはわかっている。けれども「大好きな」という感情だけが絞り落ちたいま、ずっと友人だと思っていたローレンスに対する思いが突然炎のごとく燃え上がった。ずっと地中に埋まっていた宝石をようやく見つけたような感覚を抱いた。

それでも、自分には理性がある。ローレンスへの気持ちに無理やりふたをして、ミックとの関係を深めていった。知性とユーモアを併せ持つミックは恋人として申し分なかった。結婚も意識し始めた。誠実に自分を愛してくれているミックと過ごしていく人生は充実しているに違いない。

ただ、ほとんど完璧なミックとの距離が近づくほど、時折世話が焼けるローレンスの不完全さが恋しくなった。二十年以上をともに過ごしてきたローレンスはある意味だらしなく――ボタンをかけ違えたままシャツを着ていても平気な顔をしているのだ――だからこそ誰よりも彼のことを知っている自分がそばにいるべきではないかと感じるようになった。

ローレンスはたまに近況を報告してきた。ケイトとは楽しく過ごしているらしい。ある晩、一人でワインを飲みながらリズは「ミックと結婚しようと思っているの」とローレンスにメッセージを送った。ローレンスからの返事はなかった。

イタリア料理屋で四人で食事をしてから一年あまりが過ぎたころ、深夜の十二時すぎにローレンスが泥酔して電話をかけてきた。「ケイトと別れたんだ」と泣き、「お願いだ、いますぐ会えないか、会いたいんだ」とまくし立てた。リズはくたびれたパジャマからお気に入りのモスグリーン色のワンピースに着替え、急いでタクシーを拾ってマーブル・アーチにあるローレンスのフラットに向かった。

ドアを開けたローレンスは思いきり酔っていて、すぐにリズを抱きしめてきた。リズは別れた理由を聞かず、二人はそのまま恋人たちのような夜を過ごした。小さいころ海で遊んだときに印象に残っていたローレンスの右胸の大きなほくろを目にして心が乱れた。

朝起きたリズは過ちを犯した自分をどこまでも恨んだ。こんなふうな慰め方しかできない自分が情けなかった。ローレンスの傷につけ込んで隠されていた思いを達しようとした自分が恥ずかしかった。「all that lose」とプリントされたTシャツを着終えたローレンスは「もうもとには戻れないんだな」と言い、「でも、こんな始まり方じゃ先に進むこともできない」と悲しそうな顔をして紅茶を淹れた。二人は何もしゃべらなかった。

二人は同じようにそれぞれの好意が実るはずはないと知りながら、その後も何度か関係を持った。二人で会うとき、ローレンスは一度もミックの話を持ち出さなかった。ミックへの罪悪感からかもしれないし、リズへの思いからかもしれない。いずれにせよ、ローレンスは心苦しそうに見えた。ときどきローレンスの右胸のほくろをなでながら、リズも気分のいい時間ではないと感じていた。

そしていま、リズは夕まぐれのボートン・オン・ザ・ウォーターの道端に立ち、ゆるやかな川の流れを眺めながら過去を悔いている。ミックが身を震わせて別れを切り出してきたのも当然だと思った。ほんのわずかのあいだ、ミックの友人のローレンスと関係を持ち、そればかりか恋人の親友の子どもを授かってしまった。すぐに中絶するまでの経緯を、どういうわけかミックは知ってしまった。親友だと思い秘密をこっそりと告白していた数人のうちの一人が口を滑らせたのだろう。密告者は誰でも構わなかった。不思議と怒りは感じなかった。ローレンスがその事実を知っているかどうかはわからない。ただ、堕胎《だたい》して以降、ローレンスから連絡は来なくなった。

リズは自分が何に苦しんでいるかわからないまま、ずっと水の流れを見つめている。気持ちを整理しようと選んだ旅なのに、余計に心がねじれた気がする。時間が解決してくれる、という答えは陳腐に思えた。それぞれの心に刻まれたいくつかの傷は永遠に消えない。それだけは揺るがないと確信を強めた。どういうつもりか、乾いた泥がついたままのカメラで穏やかな川の写真を一枚撮影した。川はいつまでも流れている。

灯りを消したとき

スウォンジーの街にその年初めて雪が降った日、サラは混乱した頭で病院から出てきた。カリフラワーみたいな白髪の医師が低い声で話した言葉が体じゅうで渦巻いている。のんきにランチを食べる気分にはなれない。朝から続く雪のせいで視界がぼやけ、世界が急に狭くなったような感覚に襲われた。

結婚してちょうど十年目。サラが三十八歳になる直前に、ようやく子どもを授かった。カーディフ大学で一学年上だった夫のデーモンは手放しで喜んだ。妊娠を告げた夜、デーモンはサラをぎゅっと抱きしめ、文字どおり号泣した。大きな泣き声を聞いたサラもつられて涙をこぼした。自分のせいで子どもができにくいと知ったデーモンは長いあいだ、不妊治療を受けていた。

妊娠がわかり、果てしない苦しみからようやく解放されたデーモンの顔を見てサラが感じたのはこのうえない幸せだった。十年前、カーディフベイのイタリアンレストランでディナーを楽しんだ夏の夕暮れ、ひざまずいて婚約指輪を渡してくれたデーモンは、「僕は早くお父さんになりたいんだ」と柔らかく笑った。プロポーズを真摯に受け入れた若き日のサラは、深い優しさを持つデーモンならきっといい父親になるだろうと思った。

病院を出たサラは、けれどもすぐに家に帰る気になれなかった。傘は持っていない。雪に降られるまま、付き合っていたころからデーモンとよく通っているマンブルズ・コーヒーに立ち寄り、気持ちを落ち着かせることにした。いつものコーヒーを待つあいだ、食べすぎたときのように膨らんだお腹に右手を添えた。どんな顔をしてデーモンと向き合い、どんなふうにデーモンに話せばいいのだろう——カフェの片隅に座るサラは真っ黒いコーヒーを飲みながら考え込んだけれど、正しい答えにはたどり着けそうもなかった。コーヒーの湯気に運ばれてくる匂いが疎ましく感じた。

後ろの席からおそらく親子の会話が聞こえる。サラは自然な雰囲気を装って振り向いた。自分より少し若そうな母親と小さな女の子がパネットーネを食べながら話をしている。同じような栗色の毛の二人からは限りない幸福感があふれているように感じた。自分のほうに背中を向けている女の子の顔は見ることができない。サラは姿勢を直してコーヒーに視線を移し、耳を澄ました。

「もうすぐ五歳の誕生日ね」

「すごくうれしい。誕生日には何かプレゼントをくれる？」

「もちろんよ。何が欲しいかもう決めた？」

「うん。妹か弟が欲しいな。だめ？」

「どうかな？　妹？　弟？　どっちがいいの？」

「どっちでもいい！　わたし、お姉ちゃんになりたいの」

「そうなの？　サラならきっと優しいお姉ちゃんになれるわ」

　サラは小さな女の子が自分と同じ名前だと知って、心臓が止まりそうになった。「パパと相談してみるわ」と笑う母親の言葉を聞いて暗い気持ちになった。そんなに簡単にいくはずがないと思うと体が震えた。なぜだかわからないけれど、もう半分しかないコーヒーに角砂糖を三つ入れた。

　サラは「念のため出産前スクリーニングをしましょうか。染色体の検査もします」という医師の言葉を軽く受け止めていた。染色体の検査についてデーモンには話さなかった。ほかの誰かと同じようにサラは自分の身に試練が訪れるなんて夢にも思っていなかったし、デーモンに伝えるまでもない過程だと考えたのだ。そしてついさっき、細見でいかにも神経質そうな医師から「あなたたちのお子さんはたぶんダウン症候群だと思われます」と告げられた。ネクタイに触れながら医師は「ご存じでしょうが、ダウン症候群の子は知的障害や身体的発達の遅れが見られます。現実的に中絶を選ぶ方も少なくありません。ただ、生まれたら手厚い補助を受けられます」と説明した。

　医師の視線は哀れみに満ちていた気がする。コーヒーをほとんど飲み終えたサラは、答えを探すように画面の右上に蜘蛛の巣のようにひびが入ったスマートフォンに「ダウン症」「出生率」という文字を入れて検索を始めた。約七〇〇人に一人がダウン症を抱えて生まれてくるのだという。それから何本かの見出しに目を走らせたあと、アイスランドではダウン症の子どもが産まれてくる可能性はほぼゼロパーセントだという記事に出合い、不思議に思った。同時に、ほぼゼロパーセントという言葉にかすかな希望を感じた。

けれどもよくよく読んでみると、妊娠中にダウン症がわかったアイスランドの女性はほぼすべて中絶の選択をしているのだと知り、頭のなかがぐらりと揺れた。息苦しくなって、強烈なめまいがした。海の向こうでは多くの人が避けられるのなら避けたいと思う窮地にいま――医師が話したとおり、イギリスでも中絶を選ぶ女性が多い事実を知った――自分は立たされている。ただ、不謹慎かもしれないけれど、「生まれる前に知ることができて良かったのかもしれない」という思いも頭をよぎる。生まれたあとに突きつけられる現実としては厳しすぎる。生まれてきた赤ん坊が普通と違ったら、わが子を待ち望んでいるデーモンは気を失ってしまうかもしれない。もう一人のサラとその母親が手をつないで店を出ていった。

どういうわけか、サラはこれまでの結婚生活を振り返らずにはいられなかった。真っ先に思い起こされたのは新婚旅行だ。デーモンの弟のジェイクが働いているという理由で、ドイツを訪れた。フランクフルトを拠点に、ハイデルベルクの古城を見たり、カールスルーエの動物園に行ったり、バーデン・バーデンで温泉に入ったり、思いきり楽しい時間を過ごした。旅行の途中、デーモンの思いつきでオーストリアのウィーンに行くことになった。日中は市街地を観光し、夜にプラーター公園の大観覧車に乗った。デーモンはゴンドラの木の部分に一ユーロ硬貨でこっそり二人の名前と「XOXO」という文字を刻んだ。

観覧車がてっぺんにたどり着いたとき、二人はキスをした。それからデーモンは「十年後に、自分たちの子どもを連れてこの新婚旅行と同じ行程を回ろう。きっと楽しい旅になる」と提案してきた。サラは「素敵なアイデアね」と賛成した。なかなか子どもができず、ようやく結婚十年目で妊娠がわかったとき、二人の計画は十五年後に先延ばしとなった。デーモンは五年後の家族旅行をずっと楽しみにしている。

サラはいつマンブルズ・コーヒーを出たのか、どうやって家に帰ったのかよく覚えていない。気づいたときには、ベーコンと野菜のカウルと、パンにチーズをのせたウェルシュ・ラビットを仕上げていた。窓の外に目を向けると、雪が激しさを増している。明日はきっと街じゅうが完璧なまでの雪景色になっているだろう。

サラがキッチンでぼんやりと立ち尽くしていると、カーディフの大手会計事務所に勤めるデーモンが帰ってきた。雪をかぶった濃いアイボリー色のトレンチコートを脱ぎ、玄関のすぐそばにあるハンガーにかけ、ほどなくCDをプレーヤーに飲み込ませる。帰宅後は憩いのひとときとして音楽に身を委ねるのがデーモンの習慣だ。この夜はドアーズの『ウェイティング・フォー・ザ・サン』がデーモンのおめがねにかなった。軽快なリズムで「ハロー、アイ・ラヴ・ユー」が流れる。ジム・モリソンが名前も知らない女性への愛を歌い始めた。

デーモンはいつものようにシャツを腕まくりしながらダイニングテーブルに座る。夕食を見て「今日も美味しそうだ」とつぶやき、オーブンの前で呆然とたたずむサラのほうを向いた。

「それで、今日の病院はどうだったんだい？」

最初、サラはうつむいたまま何も答えなかった。答えられなかった。胸がずっと苦しい。これまでつらい思いをしながら治療を続けてきたデーモンの気持ちを考えると、真実を打ち明けられそうにない。妊娠がわかってからずっと、デーモンは産まれてくる子どもの名前をうれしそうに考え続けてきた。

サラは何かを話すかわりにため息をついた。いつもと違う様子に気づいたデーモンが心配そうに声をかけた。

「どうしたんだい？　何かあったのかい？」

しばらく黙りこくっていたサラは、夫の優しさに甘えるように自分たちの子どもがダウン症だとわかったと静かに告白した。デーモンは絶句した。気が動転しているのがすぐにわかった。くちびるを左手の人差し指でなでるのは、デーモンが動揺しているときの仕草だ。デーモンは「僕のせいなのかい？」と訊いてきた。サラが消え入るような声で「誰のせいでもないわ」と答えると、デーモンは顔をこわばらせて「神さまはなんて……」と言って十字を切った。

そのあと二人は何も話さず、お互いに手を握り合った。デーモンの右ほおに涙がつたうと、それが合図のように二人は耐えることなく泣いた。部屋の片隅からジム・モリソンが「ウィ・クド・ビー・ソー・グッド・トゥギャザー」を歌い出し、二人は涙を流したまま歯切れよく「トゥギャザー」と繰り返す歌に包まれた。サラは、ジム・モリソンが甘く歌うのを聞いて、天使たちは踊り、天使たちは死ぬのだと初めて知った。

気づくと、ドアーズのアルバムは終わっていた。デーモンは涙をふきながら「僕たちの子に変わりはないんだから」と言った。サラには本心かどうかわからなかった。デーモンは何度か「僕たちの子」と口にしたし、サラはお腹のなかにいる男の子か女の子かわからない赤ん坊が今日、いままで以上に愛おしく感じられたような気がした。何が正解かは絶望的なまでにわからない。思ってもみなかった現実を突然に突きつけられた二人は結局夕食に手をつけず、冷えたカウルとウェルシュ・ラビットがダイニングテーブルに取り残された。

時計の針が二時を過ぎたころ、泣き疲れた二人はようやくベッドにもぐり込む。サラが寝室の灯りを消すと、いつもは後ろから抱きしめてくれるデーモンは背中を向けたままこちらを向くことはなかった。背中越しにデーモンの体が震えているのに気づいたサラは、生まれて初めて自分たちの人生を恨んだ。暗闇を見つめていると、不意にお腹のなかにざらつきを感じ、たまらなく喉の渇きを感じた。

クリスマスに雪が降れば

　スティーブンはずっと自分のせいなのだと悔やんでいる。もう十歳になったのに靴のかかとをつぶして履く癖が直らないから？　フットボールの試合を観ているときに汚い言葉を吐いたから？　イースターの期間にパンケーキを落としたから？　牛乳を飲もうと冷蔵庫を開けたとき、卵を二つ割ってしまったから？　考えれば考えるほど、自分が原因だと感じずにはいられなかった。

「ステファン、大事な話がある」

　テレビで『ミスタ・ブルームズ・ナーサリー』を観ているとき、父さんから背中越しにそう言われた。大事な話ってなんだろう？　父さんの話し方は少し暗かった。あまりいい予感はしなかった。

「泣かないで聞いてほしい」と父さんは言った。スティーブンは背中が冷たい感じがして、父さんのほうを向いた。ソファに座ったまま父さんを見上げた。

「母さんの目が見えなくなるかもしれないんだ」

スティーブンは心臓を握られた気がした。父さんはそう言って「ひょっとしたら、の話だけど」と続けた。キッチンでじっと立っている母さんのほうに目をやると、母さんは泣き出しそうな顔をしながら、でも少しほほ笑んでくれた。「わたしは大丈夫。きっと治るわ。心配しないで」

母さんがソファのところに来てくれた。スティーブンと母さんのあいだに座るスティーブンは「病気なの？」と訊いた。スティーブンの肩を抱きながら「そうよ」と母さんは言った。「なんだか最近両方の目が見えにくくなって病院に行ったら、手術する必要があるって」。スティーブンは泣いてしまった。父さんは「大丈夫。手術をすれば治るんだ」と力強く言った。思わず母さんに抱きつくと、母さんは「治るように神さまに祈ってね」と話し、優しく抱きしめてくれた。

それから、母さんが三人分の紅茶を淹れてくれた。父さんには「今日はビールはがまんしてね」と冗談めかして言った。スティーブンはまだ泣き続けながら、母さんは無理して明るく振る舞っているのだと思った。父さんは「母さんの目が治るまではビールは断つよ。縁起担ぎだ」と言った。スティーブンは父さんがビールをやめるのと、母さんの病気が治るのとがどう関係しているのかわからなかった。

次の日、小学校に行ったスティーブンは授業に全く身が入らなかった。「もしも」を考えずにいられなかった。父さんが言った「リャクナイショウ」という言葉を頭に刻んでいたスティーブンは放課後、カトリーナ先生に「リャクナイショウってどんな病気ですか？」と聞いてみた。先生によると、目の神経が傷み、次第に目が見えなくなるらしい。うつむいて話を聞いていると、先生は「手術しても治らないって聞いたことがあるわ」と続けた。

スティーブンは嘘だと思った。父さんは手術で治ると言っていた。スティーブンはカトリーナ先生のドレスの模様がタイヤの跡のように見えると思いながら、窓の外に目を向けた。ジャパニーズ・メイプルの葉っぱが紅く色づいている。秋は母さんがいちばん好きな季節だ。だから、スティーブンも秋が大好きだ。

「心配しないで」という言葉を頭のなかで繰り返しながら毎晩、スティーブンは目を閉じて真っ暗な世界を感じ、自分を責め立てている。なぜ母さんなんだ、母さんに与えられた試練は、きっと自分の行いが良くないからだ――。


あの日からずっと、父親のダグラスは息子のスティーブンに本当のことを伝えるべきではなかったのではないかと悔い続けている。母親のフランシスが目が見えなくなるかもしれない現実を、まだ幼いスティーブンは受け止められずにいる。真夜中に二階の子ども部屋からときどきうめき声が聞こえてくる。

緑内障と診断されて病院から帰ってきた日、フランシスは世界の終わりにいるかのように沈んでいた。もう夕方だというのに、部屋の灯りをつけず、キッチンで立ち尽くしていた。フランシスは祖父が緑内障で両目を失明していたから、この病気がもたらす困難をよくわかっていた。「目が見えなくなるかもしれないのよ」と震えるフランシスをダグラスは抱きしめた。フランシスは「もっと早く病院に行けば良かった。かなり進行しているみたい」と続けた。ダグラスはそれまでほとんど無関心を装っていた自分を悔いた。フランシスはだいぶ前から「視野が狭くなった気がする」と訴えていた。ダグラスはフランシスを抱きしめたまま窓の外を見た。取り込まれないままの洗濯物が秋の風に揺れていた。

診察からしばらくたったいま、フランシスは気丈に振る舞っている。けれども、スティーブンの心の痛みまで抱え込んでいるように見える。表情がこわばっていて、口数が減った。大好きな編み物には手をつけなくなった。スティーブンのために編み始めた白と黒のマフラーは途中のままダイニングチェアにかかっている。

フランシスと話し合った結果とはいえ、ダグラスは自分の決断が間違っていたのではないかと思ってしまう。スティーブンに伝えないまま手術を受け、疲れ目だとかドライアイだとか言って点眼薬で進行を遅らせる選択肢もあったのだ。八年前に父親から継いだアンティークショップで働くあいだも、どこか上の空だ。

ダグラスはそれでも、死んでもスティーブンには明かすべきではない真実は守ろうと誓った。自分たちはスティーブンの本当の両親ではない――スティーブンはダグラスの弟マークの息子だ。ワイト島からポーツマスに移り住んだ弟夫妻はある冬の晩に車で衝突事故を起こし、この世を去った。後部座席で奇跡的に生き残った二歳の男の子を、ダグラスとフランシスは迷わず引き取った。二人は子宝に恵まれていなかったし、何よりまだ小さい赤ん坊を放っておけなかった。

ダグラスはライドの街にあるアンティークショップからシービューの自宅に帰る途中、ときどき海岸沿いに車を停め、一人きりで思いをめぐらせた。誰にでも知らなくていい真実がある。実の両親はもういないのだとスティーブンが知る必要は絶対にない。誰も幸せになれない話は墓場まで持っていくべきだ。

ダグラスは波音を聞きながら物思いにふけるとき、よく車のなかでリチャード・アシュクロフトの『アローン・ウィズ・エヴリバディ』というアルバムを流した。水平線をぼんやりと眺めながら一連の音楽に包まれていると、自分が安っぽい映画の端役のように思えてくる。家族に対して何もできない無力さをとことん忌々しく感じる。

冬がやってきた。薄暗い空が低く覆いかぶさってきた。まもなく雪が降るだろう。ダグラスは海辺に停めた車のハンドルを握りながら、季節が変わったのを感じていた。フランシスの悲しみとスティーブンの痛みを思うたび、ダグラスは胸がつぶれそうになる。

あの日からずっと胸が詰まったままのスティーブンは、「コドク」という言葉について真剣に考えるようになった。どこか物悲しい響きがある。目が見えなくなるかもしれない母さんはいま、ほとんど一人ぼっちだ。徐々に暗闇に引きずり込まれていく恐ろしさは、父さんにも自分にもわからない。どこまでも母さんに寄り添ってあげたいけれど、どんな言葉をかけたらいいのか答えが見つからない。

母さんは毎日、隠れるように目薬を両目にさしている。目が見えなくなるのを防いでくれるのだろうか。「手術しても治らない」と打ち消したカトリーナ先生よりも「手術すれば治るんだ」と言い切った父さんのほうを信じたい。でも、「きっと治るわ」とつぶやいた母さんの顔がどこか弱々しかったのはずっと気になっている。

学校から帰ってくると、母さんはいつものようにホットレモネードを用意してくれている。寒い季節のお決まりの時間だ。はちみつがたっぷり入ったレモネードを飲むと体が温まる。これまでなら心がほっとしたけれど、いまは違う。「今日はどんな一日だった?」と訊いてくる母さんにうまく答えられず、居心地が悪い。何か話したいのに、のどが詰まった感じがして、うまく言葉が出てこない。ついついレモネードを早く飲み終えてしまう。昨日は口のなかをやけどして皮がむけてしまった。母さんは前に「つくり方はおばあちゃんに教わったのよ」と言っていた。スティーブンは母さんの病気が治ったら、自分でもレモネードをつくれるようになりたいと考えている。いつか母さんのために温かい一杯を用意してあげたい。

スティーブンは学校から帰ってきてホットレモネードを飲んだあと、ときどき海辺まで青い自転車を走らせた。冷たい風を受けながら砂浜に座り、ただずっと水平線を見つめる。大きくなったり小さくなったりする波の音を聞くともなく聞いている。たいていは周りに誰もいない。

「これが『コドク』なのかな」と思いながら、いままで母さんが自分に注いでくれた優しさを一つひとつ思い浮かべていると、涙がとめどなくあふれてくる。熱を出したとき、ずっとベッドの横に座り頭をなでてくれた。フットボールの試合で負けて泣いたとき、何も言わずに抱きしめてくれた。大雨に濡れて帰ったとき、すぐに大きなバスタオルで包み込んでくれた。十歳の誕生日にはずっと欲しがっていたマンチェスター・シティのユニフォームをプレゼントしてくれ、優しくキスしてくれた……気づけば太陽が沈みかけ、空の底がオレンジ色に染まっていることがある。

自分たちの住むワイト島では手の施しようがなく、母さんは年明けにロンドンの病院で両目の手術を受けるという。父さんは「二週間くらい入院することになるかもしれない」と話した。十二月になったばかりのある晩、母さんはスティーブンをキッチンに呼んだ。母さんは息子のほおを両手で優しく触れながら「ステファン、あなたの顔が見えなくなるかもしれないなんて……」と言って泣き出した。涙を流す母さんを生まれて初めて見たスティーブンは大声をあげて泣いた。

スティーブンは毎晩、神さまに祈ってきた。目をつむって暗闇を恨みながら、心のなかで「これからはずっと善い行いをします」と繰り返してきた。クリスマスに雪が降れば、母さんの目が治ると願ってきた。そして十二月二十四日の夜、スティーブンは奇跡を信じてベッドに潜り込んだ。

最後の祈り

この話を書き進めていいのか、いまだに迷っている。彼の願いを裏切ることになってしまう。

この二つの文章を書いたあと、スティック型のお香を焚いた。背後に本棚のある部屋にはバニラの香りが漂い、煙でかすかによどんでいる。無垢の廃材でつくられた机には黄金色にえんじ色を少し混ぜたようなＭａｃＢｏｏｋ Ａｉｒが置いてあり、封の開けていない手紙がいくつか散らばっている。

秋が去ろうとしている日曜日、わたしは朝早くから短編小説の仕上げにかかっていた。時間を見つけて書いてきた三十一編の物語が始まるまでの物語たちを、しかるべき形で送り出そうとしていた。レコードをかけながら、ところどころに手直しを入れ、各々の掌編が必要とするならば新たに情景や感情を書き込んでいく。レコードが終わり、Ｂ面に裏返したり、別の一枚をプレーヤーにのせたりするたびに、アイスコーヒーを飲んでひと息入れた。夢中になるあまり、わたしは朝食と昼食を食べ損なっていた。

四年前から恋人と川沿いのフラットで暮らしている。百年以上の歴史がある五階建ての建物だ。三階の西側の角部屋がわたしたちの住まいで、部屋から川が見える立地が二人とも気に入っている。わたしは窓を開け、いかにもロンドンらしい曇天を眺めてみた。もうすぐ夜と冬が始まろうとしている。恋人は伸びすぎた髪の毛を切るために美容院に出かけている。彼はわたしが小説を書いていることは知らない。パソコンに向かっているときは、日記でも書いているのだと思っている。

一つひとつの小編を書き上げる時間は終着点をめざすものではない。むしろ、一つの出発点を設ける作業だと思っている。わたしがひとまず締めくくったあと、登場人物たちがひとりでに動き、話し、心を揺らしながら、それぞれの人生を生きていく。その先はわたし自身にも知り得ない。そんなふうに思いながら各々のプロローグと向き合っていると、髪をいつものノエル・ギャラガーみたいな短髪に変えた恋人が戻ってきた。わたしが「似合うじゃない」と伝えると、恋人は照れくさそうに笑ってから「少し頭が痛いから寝るよ」と言った。それから「もうすぐ誕生日だね。誕生祝いを盛大にやろう」と話してベッドルームに消えていった。わたしの体はアイスコーヒーの飲み過ぎで冷えきっている。

三十一編の話をようやくまとめ上げたのは――そのうちの二十二編はわたしの作品であってわたしの作品ではないのだけれど――今日が昨日になってしばらくしてからだ。正直なところ、すべてが百点満点だと言い切る自信はない。でも、やれるだけのことはやったと思う。それぞれの人生のある局面に光を当て、多少なりとも物語が始まるまでの物語は書けたと思う。シャワーを浴び、恋人の眠るベッドに横たわると、脳が疲れきっていたわたしはすぐに眠ってしまった。

そしてわたしは電車に揺られている。どういうわけか、おそらくサークル線だと感じる。朝か昼か夜かはわからない。乗客は誰もいない。ロングシートに腰かけたわたしは、向かい側の席から目が離せない。いちばん左端に一冊の本がある。「すべて失われる者たち」という文字が気にかかって仕方がない。いつの間にか、その本の右隣に睾丸みたいにしわくちゃな顔の老人が座っている。白髪を後ろになでつけ、苔みたいなあごひげを生やす老爺《ろうや》の、少しつり上がった眉毛とへの字口がバッテンみたいに見えてくる。目を合わせないようにときどき見ると、右手に杖を持つ老人がその本の番人のように思えてくる。老人は真っ黒な燕尾服《えんびふく》をまとっていて、これから葬儀に参加するのだろうとわたしは考えている。

いつの間にかわたしの隣に彼が座っている。「やあ、僕のこと覚えてるかい？」と言う彼の顔を見て、心臓が縮み上がる。文句のつけようがないくらいわたしに似ているから、すぐにわかった。二歳の夏、大勢の人で賑わうブライトンの海で溺死した双子の兄だ。わたしたちは一卵性双生児で、けれどもあっという間に離ればなれになってしまった。まだ小さいころの出来事だから、正直に言って彼との記憶はまったくない。彼も老人と同じように黒い燕尾服に身を包んでいる。

二十八歳になった彼が「短編小説を書いている君をずっと見ていたよ」と言った。わたしは「そうなの？」と答えた。

「でも、なぜ日本人のふりをして二十二編も書いたんだい？」

「わからないわ」

「君は一度も日本に行ったことがない」

「ええ、一度もないわ。でも想像することはできる」

「イメージの力は無限というわけか。その日本人は男性なの？　それとも女性？」

「わからないわ。結局、わたしは自分とはできるだけ遠い距離で何かを書きたかったのよ」

「確かに。君は自分が感じたことや経験したことは一つも書いていない」

「そう。きっと、わたしが書いたと思われたくないから」

「でも、君は小説家になりたいんじゃないのかい？　有名になりたくないの？」

「そういうわけじゃない。ただ『人生のやるせなさ』みたいなものを書き続けたいだけ」

「君がお蔵入りにした『夢を追いながら』のリリーみたいになってもいいのかい？」と彼は訊き、燕尾服の右のポケットから雑に折りたたまれた紙を取り出した。重々しい様子で紙を広げ、向かいの老人のほうを見る。老人がうなずくと、少ししわが寄った紙に書かれている文章を読み始めた。


――リリーは毎朝六時すぎにパディントン駅で地下鉄を降りる。駅から歩いてすぐのブーツで働いている。イギリス各地に店舗を持つドラッグストアに勤めながら、女優として成功する夢を追っている。

芝居に興味を持ったのは中学生のときだ。友人のエイミーに誘われるまま、生まれ育ったチェスターの街の小さな劇団に入った。初舞台は地元の劇作家ジョン・シリトーが手がけた脚本だった。若くして亡くなったウェールズの画家ウィリアム・キーツの人生を描いた作品で、リリーはキーツの妹ルーシー役に抜擢された。結核で亡くなるまでを演じ、観客たちの涙を誘った。自分に誰かの心を揺るがす力があるのだと感動した。

その後、何度か舞台を踏み、夢が膨らんだ。本格的に女優の道を歩もうと高校卒業をきっかけにロンドンに出てきた。シリトーの紹介で入ったロンドンズ・バーニングという小劇団では、シェイクスピアから怒れる若者たちまで、節操がないほど手広く戯曲に挑んできた。故郷を離れて五年、一応、ロンドンズ・バーニングの看板女優になれた自負はある。けれども、まだまだ物足りなかった。

劇団仲間とルームシェアするハロー・オン・ザ・ヒル駅からパディントン駅まで、あるいはパディントン駅からロンドンズ・バーニングの稽古場があるゴルダーズ・グリーン駅まで、リリーはさらに進んでいけない自分に歯がゆさを感じずにはいられない。ひと皮むけるには映画に出る必要がある。でも、オーディションは落選続きだった。スクリーンに映し出されたのは、主人公を相手にレジを打ち間違えるスーパーの店員の一度だけだった。

いま、七時の開店に合わせて、ブーツで品出しをしている状況が女優としてひとり立ちできていない現実を物語っていた。女優として大成すること、つまり完璧なまでに何者かになりきること。誰かになりきる夢を追う自分がまだ、ほとんど何者でもない現状にリリーは打ちのめされそうになっている――。

朗読を終えた彼は真剣な表情で「生きてるって楽しいかい？」と訊いてくる。「つらいこともあるけれど、それなりに楽しめているわ。リリーと同じようにね」とわたしは答える。「それは良かった。あのとき僕が死んで君は生き残ったんだから、僕のぶんまで人生を謳歌してほしい」

「でもね」と彼は続けた。「君だけが生きているのはずるいとも思う」ととても静かな口調で言った。「本を出版する夢を追える君が憎らしいと感じることもある。あのとき君が死んで僕が生き残ったのなら、僕が人生を楽しめているはずだったのにって。僕はずっと人生とは何かがわからないままなんだ」

わたしだって君にある種の後ろめたさを感じて苦しい思いをすることもある――その言葉を飲み込むと、向かいの老人がやおら右手を動かし、隣にある本を指差した。彼は「そういうことなのか」と小さく笑った。わたしはどういうことなのかわからず、黙ったまま本を見つめていた。彼は「僕が君の本のタイトルを考えてあげるよ」と言って、左肩にかけたトートバッグから手帳と万年筆を取り出す。しばらく考えたあと、濃紺の万年筆を走らせ、手帳から破って四つ折りにした紙をわたしのスカートの左ポケットに押し込んだ。老人がゆっくりとまばたきをした。

わたしたちのフラットの最寄り駅ではないエンバンクメント駅で電車を降りる。朝か昼か夜かわからないロンドンの街はひと気がなくひっそりとしていて、わたしは夢を見ているのだと気づく。

彼はわたしの部屋までついてきた。ＭａｃＢｏｏｋ Ａｉｒの眠る部屋に足を踏み入れた彼はレコード棚から一枚抜き取り、針を落とす。ビーチ・ボーイズの「ティル・アイ・ダイ」が聞こえ始めた。わたしは凪《な》いだ海に浮かんでいるような気がする。彼が「僕のことは書かないと誓ってほしい。生きられなかった人間を利用するのは裏切り行為だ」と言って、わたしはうなずいた。でも、書かなければという思いに駆られる。彼と目が合った。彼は目をじっと見つめ、それから机の上に何かを置いて部屋から去っていった。確かめてみると、机の上には文字盤に赤と青のラインがそれぞれ半円を描くタイメックスの時計が横たわっていた。時計の針が二本の小さな小さなナイフのように見える。

心地悪さを感じた瞬間、「ティル・アイ・ダイ」が隣で眠る恋人の寝息に変わり、わたしは「救われた」と思う。やはり夢だったんだと息を吐く。カーテンの隙間から仄暗い光が潜り込んでいる。バニラの香りがかすかにする。隣の家の玄関ががちゃりと開く音が聞こえる。いや、閉まる音なのかもしれない。わたしは祈るように胸の前で手を組み、もう一度眠りにつこうとした。

著者略歴

花澤　薫（はなさわ　かおる）

福島県生まれ。大学時代は英米文学を学び、ジョン・キーツやサミュエル・ベケット、ポール・オースターなどの論文を執筆した。特に好きなアーティストはサニーデイ・サービス、ライド、ストーン・ローゼズ、ティーンエイジ・ファンクラブ、プライマル・スクリーム、ペイル・ファウンテンズ、ジェイク・バグ、カネコアヤノなど。好きな揚げ物はアジフライ。作家としての活動は株式会社ナウヒアがマネジメントする。

編集協力：株式会社ナウヒア／長嶋 祐美子
JASRAC 出 2305568-301

すべて失われる者たち

2023年8月17日　初版発行

著　者　花澤　薫　© NowHere co.,Ltd

発行人　森　　忠順

発行所　株式会社 セルバ出版
〒 113-0034
東京都文京区湯島 1 丁目 12 番 6 号 高関ビル 5 B
☎ 03（5812）1178　FAX 03（5812）1188
http://www.seluba.co.jp/

発　売　株式会社 三省堂書店／創英社
〒 101-0051
東京都千代田区神田神保町 1 丁目 1 番地
☎ 03（3291）2295　FAX 03（3292）7687

印刷・製本　株式会社丸井工文社

ISBN978-4-86367-833-0

MMO chronicle.
玉梨ネコ
イラスト・高瀬コウ

retire shita ningyous